# देवर्षि

# देवर्षि

## नारायण-नारद संवाद

पर आधारित उद्वेलित कर देनेवाली पौराणिक कथा

डॉ. किसलय पांडेय

प्रकाशक • **प्रभात प्रकाशन प्रा. लि.**
4/19 आसफ अली रोड,
नई दिल्ली–110002

संस्करण • प्रथम, 2024
मूल्य • तीन सौ रुपए
मुद्रक • आर–टेक ऑफसेट प्रिंटर्स, दिल्ली

---

**DEVARSHI** *by* Dr. Kislay Panday ₹ 300.00
Published by Prabhat Prakashan Pvt. Ltd., 4/19 Asaf Ali Road, New Delhi-2
e-mail: prabhatbooks@gmail.com ISBN 978-93-5521-384-6

# भूमिका

विश्व में कुछ भी आकस्मिक रूप से नहीं होता। अकस्मात् होने का आभास ही इस विश्व का सबसे बड़ा असत्य है। यह जो कुछ भी चल रहा है, जीवन भर के जो भी संघर्ष हैं, जो भी समस्याएँ हैं, जो भी आपाधापी है—इनके बारे में नारदजी को नारायण बताना चाह रहे हैं कि यह सबकुछ वास्तव में जीव का भ्रममात्र है।

दुनिया में व्याप्त विभिन्न गतिविधियों—किसी के मरने की, किसी के दीर्घ जीवन की, किसी के जीवन-जाल में फँसने की, किसी के निकलने की, अमीरी की, गरीबी की—यह सिर्फ आँखों का फेर है। नारदजी ने जो जीवन जिया, जो चाहा, जो खुशी पाई, जो दुःख सहा, जो आघात सहे—वह सब-का-सब तभी तक था, जब तक उन्हें सत्य का आभास नहीं हुआ। लेकिन जैसे ही नारदजी को सत्य का आभास हुआ, उन्होंने पाया कि वह तो कुछ था ही नहीं!

वास्तव में न बीवी है, न बच्चे हैं, न परिवार है, न अन्य कोई; सिर्फ नारायण हैं, एकमात्र नारायण चहुँओर व्याप्त।

वास्तव में लौकिक मायावी आवरण में लोग कुछ इस प्रकार आकंठ डूब जाते हैं कि माया को ही सत्य समझने लगते हैं, जबकि यह जो कुछ भी है, जो भी हो रहा है; वस्तुतः वह कुछ भी नहीं हो रहा है। यह सब भ्रम है। सिर्फ आँखों का फेर है। जितना हम इसमें डूबते जाते हैं, यह सब छद्मावरण हमें वास्तविक लगने लगता है। लेकिन जितनी जल्दी हम इस मिथ्या की सच्चाई को जान लेते हैं, जीवन जीना आसान हो जाता है। निर्लिप्त भाव के उजागर

होते ही हमारी सभी लौकिक समस्याओं का स्वत: समाधान हो जाता है। फिर हम जो जैसा है, उसे उसी रूप में ग्रहण करने लगते हैं, लेकिन उससे मोहित नहीं होते।

प्रस्तुत पुस्तक में नारद और नारायण के परस्पर संवाद द्वारा इसी मिथ्यात्व का अनावरण किया गया है। एक रोचक, प्रेरक और संग्रहणीय पुस्तक।

# अनुक्रम


*भूमिका* *5*

1. देवर्षि : नारद और नारायण संवाद 9
2. नारद का विवाह 20
3. सरपंच 33
4. विकास 44
5. परिवार 56
6. विश्वास के पात्र 73
7. सूखे का समय 83
8. नारद और वर्मन 94
9. सरमन की हार 110
10. प्रलय 124

# 1

# देवर्षि : नारद और नारायण संवाद

## 1

कलियुग काल में, एक पूर्वनिर्धारित योजना के अनुसार, एक दिन नारद तथा नारायण ने पृथ्वी लोक की ओर प्रस्थान किया और धरती के विभिन्न भागों का भ्रमण करने लगे। भ्रमण के दौरान नारायण एक बूढ़े किसान तथा नारद एक नौजवान का वेश धारण किए थे। रास्ते में आते-जाते हर व्यक्ति की दृष्टि इस अद्वितीय जोड़ी पर अवश्य पड़ती। नारद द्वारा पहना गया श्वेत सदरा उनके रूप की आभा बढ़ा रहा था। उन्होंने अपने काले घुँघराले बालों को समेटकर एक नारंगी पगड़ी में बाँध रखा था। उनकी काली सुनहरी आँखें एवं गोरा तेजस्वी शरीर उनके व्यक्तित्व को शोभायमान कर रहा था। वस्तुतः नारद कद से तो छोटे थे, किंतु उनके व्यक्तित्व का तेज सबके आकर्षण का केंद्र बन जाता। नारद के रूप की व्याख्या तो तेजसी थी ही, परंतु नारायण की ख्याति इतनी अपूर्व थी कि वर्णन करने हेतु शब्द भी काम पड़ जाएँ। रूपवान चेहरे पर बड़ी बादामी आँखें, लालिमायुक्त गाल, चौड़ा सीना, गठीला बदन व विशिष्ट चाल के कारण वे वृद्ध वेश में भी युवा प्रतीत हो रहे थे।

नारायण का वैभव इतना प्रत्यक्ष था कि उन्हें देखते ही हर व्यक्ति उनसे बात करने को आतुर हो जाता। न जाने नारायण क्या ठाने आए थे कि उनके चेहरे की मुसकान हर राहगीर की थकान हर लेती! यह अद्‍भुत दृश्य भगवान् और भक्त की निराली जोड़ी का स्पष्ट रूपांतरण था।

भूलोक की यात्रा के दौरान नारद तथा नारायण ने कई चिंताजनक एवं दिल दहला देनेवाले दृश्य देखे। वह संपन्न पृथ्वी, जो कभी देवताओं द्वारा शासित थी और अपने सभी पहलुओं में निर्मल थी, अब धीरे-धीरे उसके अभिमान को अपने ही पुत्र-पुत्रियों के कर्मों का प्रतिफल भुगतना पड़ रहा था। महाभारत और रामायण में हुए युद्ध तो सदा ही चर्चा का विषय रहे हैं, परंतु उस अन्याय और असमानता का उल्लेख किसी ने कभी नहीं, किया जिससे यह वसुंधरा निरंतर जूझती आई है। नारायण को यह ज्ञात होने लगा था कि मानव प्रजाति अब स्वार्थ की राह पर चलने लगी है। मनुष्य के विचार मात्र स्वयं तक ही सीमित रह गए हैं। वह पृथ्वी, जिसने उसके जीवन और जीविका का समर्थन किया था, उसे अब स्वार्थ के लिए रख घसीटा जा रहा था। धरती माँ का महान् बलिदान यह था कि उन्होंने अपनी संतानों की प्रसन्नता के लिए अपनी समृद्धि और आभा का त्याग कर दिया। किंतु क्या इस बलिदान को मानव दुर्बलता मान बैठा था? चारों ओर देखने के पश्चात्, नारायण ने अपनी चेतना में सूक्ष्म परंतु प्रभावी परिवर्तन का अनुभव किया। लोगों के समस्त कार्यों का उद्‍देश्य केवल व्यक्तिगत लाभ था, न कि सामाजिक हित। औपचारिक रूप से संसार अब तीसरे से निकलकर चौथे अर्थात्, कलियुग की तरफ बढ़ रहा था। पांडवों ने कुरुक्षेत्र का महान् युद्ध जीत लिया, जिसके पश्चात् धर्म का केवल एक-चौथाई भाग ही धर्मराज युधष्ठिर के कारण बच पाया था। दया-धर्म का युग अब क्षीण होने लगा था। ब्रह्मचर्य, गृहस्थ एवं संयास की अवस्थाओं का महत्त्व घटता जा रहा था। लोग जीवन-शैली के पुराने तौर-तरीकों को छोड़ मात्र धन का ढेर इकठ्ठा करने तथा जीवन के हर स्तर पर एक विशेष प्रकार की श्रेष्ठता प्राप्त करने में रूचि रखते थे। पृथ्वी एक महान् प्रतिस्पर्धा में परिवर्तित हो रही थी। मनुष्य को यह ज्ञात था कि जीवन के पथ पर मिलनेवाले दुःख-सुख, हर्ष-विषाद क्षणिक थे, फिर भी वह उन्हें कभी विजय, तो कभी पराजय समझ रहा था। पृथ्वी पर कदाचित् ईश्वर के अस्तित्व पर ही प्रश्नचिह्न लगाया जानेवाला था। ऐसा नहीं था कि भगवान् पूर्णतः विस्मृत हो चुके थे। उनका स्मरण किया जा रहा था, उन्हें पुकारा जा रहा था, परंतु अधिकतर निजी स्वार्थों के लिए। स्वार्थ पूर्ति होने के अगले ही

क्षण पुनः मनुष्य अपनी समस्याओं में उलझ जाते थे। अतः भगवान् मनुष्य की सहायता तो करते थे कि परंतु लंबे समय तक उनके हृदय में निवास नहीं कर पाते थे। नारायण भी इस बात से अवगत थे, कि द्वापर युग के अंत तक देवता भी इस स्वार्थी सभ्यता के हाथों में एक कठपुतली बनकर रह जाएँगे। अन्याय और असत्य की भावना चारों ओर हावी थी। कुछ मुट्‌ठीभर ही ऐसे थे, जो सच्चे मन से अपने आराध्य देव की पूजा कर अपने धर्म को समीप रखते थे, लेकिन इन मुट्‌ठीभर लोगों की धार्मिक आस्था को मूर्खता और कायरता का नाम दिया जा रहा था।

## 2

एक बार एक घने जंगल में भ्रमण करते हुए नारद ने अपने स्वामी नारायण से पूछा, "हे प्रभु! इस युग की अवधारणा क्या है और यह मानव जीवन से इतनी गहराई से क्यों जुड़ा हुआ है ?" इस पर नारायण ने उत्तर दिया, "प्रिय नारद, हर युग क्रूरता का वह चेहरा सामने लाता है, जो मानव मन में छिपा हुआ है। प्रत्येक मनुष्य में अच्छे-बुरे, दोनों ही गुणों का संयोजन होता है। सतयुग और त्रेतायुग में मनुष्य सद्गुण संपन्न होते हैं, तत्पश्चात्, द्वापर और कलियुग मनुष्य को पूर्णतः नकारात्मकता से भर देते हैं, जिससे सृष्टि में दोनों का संतुलन बना रहे। मानव, जिसके लिए प्रेम एक सहज भाव है, वह लोभ के तराजू में भाव को तौलकर अपनी सहजता को खो देता है।" नारद कोई प्रतिक्रिया नहीं दे सके, क्योंकि उनके लिए यह विषय नव्य था। अपने भक्त के चेहरे पर उलझन को देखकर नारायण मुसकराए।

"हे नारद! इसका आशय यह नहीं है कि हर व्यक्ति आपको क्षति पहुँचाएगा। सद्गुण और अवगुण का संतुलन सदा बना रहेगा, क्योंकि यही प्रकृति का नियम है। किंतु अंततः अच्छाई सदा बुराई पर विजय प्राप्त करेगी।" भगवान् ने उत्तर दिया।

नारद अब भी भ्रमित थे। किंतु नारायण ने इस तथ्य पर और स्पष्टीकरण नहीं दिया, क्योंकि वे जानते थे की पृथ्वी पर रहते हुए नारद

के सारे भ्रम दूर हो जाएँगे और समय उन्हें जीवन के हर मूल्य से परिचित करा देगा।

नारद और नारायण दोनों इस बात से चिंतित थे कि उनकी प्रिय पृथ्वी अब ऐसे स्वार्थी धनवानों की भूमि में बदल रही थी, जो असुरों की तरह केवल स्वयं का लाभ देख रहे थे। जनहित का विचार किसी के मष्तिष्क में नहीं पनपता था। यथार्थ, इस बार असुर कोई और नहीं, बल्कि स्वयं मनुष्य थे। नारद ने व्यग्र होकर पूछा, "परंतु प्रभु! यह परिवर्तन इतने आकस्मिक रूप से कैसे हो गया?" नारायण ने उत्तर दिया, "इस विश्व में कुछ भी आकस्मिक रूप से नहीं होता देवर्षि! अकस्मात् होने का आभास ही इस विश्व का सबसे बड़ा असत्य है। ब्रह्मांड में घटित होनेवाली हर घटना का एक निर्धारित समय होता है। अहंकार के मोहजाल में फँसे हुए मनुष्य के लिए समय एक महत्त्वपूर्ण भूमिका निभाता है। समय का चक्र घूमकर निश्चित रूप से जीवन के सही अर्थ को सामने लाता है।

"प्रिय नारद, स्वयं देवता भी अहंकार रूपी विष से बच नहीं सके, तो मनुष्य को पूर्ण रूप से कैसे दोषी ठहराया जा सकता है? मनुष्य अपनी गलतियों से सीखते हैं। यह वह स्थिति है, जहाँ मनुष्य अपनी गलतियों को स्वीकार कर उन्हें सुधारने की बजाय उन्हें अनदेखा करते गए और स्वयं को झुठलाते रहे यह कहकर कि उनका हर कार्य परिवर्तन का परिणाम है।"

"हम पहले से टूटे हुए को कैसे जोड़ सकते हैं?" नारद ने पूछा। नारायण ने मुसकराते हुए कहा, "वास्तव में जो टूटा है, उसे जोड़ा नहीं जा सकता, किंतु एक आकार में ढाला अवश्य जा सकता है। अर्थात्, यथार्थ को स्वीकार कर उसे सुधारने का अवसर अवश्य दिया जा सकता है।"

"परंतु क्या होगा यदि हम वास्तव में इस तथ्य को स्वीकार ही न करें?" नारद ने संशय व्यक्त किया।

"आप पुनः भ्रम और मोह के जाल में उलझ रहे हैं। अपनी गलती से न सीखने की एक ही गलती को दोहरा रहे हैं। परंतु इसे अनदेखा कर, स्वीकृति से आगे बढ़ना ही एकमात्र मार्ग है भक्त!" नारायण ने हल्की सी मुसकान के साथ उत्तर दिया।

नारद ने पुनः पूछा, "प्रभु, मृत्यु केवल आत्मा का शारीरिक प्रवास है। फिर मानव जाति इस विषय से इतनी क्यों प्रभावित है? माया का मन से यह कैसा संबंध है?" नारायण ने उत्तर दिया, "भक्त नारद, माया के जाल में उलझना एवं उसमें फिसलते जाना, यह स्वयं मनुष्य द्वारा सुनिश्चित किया गया निर्णय है। 'मैं' और 'मेरा', यह भावना जब तक मनुष्य के मन पर हावी रहेगी, तब तक दुःख मनुष्य का साथ नहीं छोड़ेगा। किसी प्रिय वस्तु या व्यक्ति के दूर होने पर पीड़ा का अनुभव होना सहज है। हमें यह जानना आवश्यक है कि सभी भावनाएँ निरंतर आती-जाती रहती हैं, परंतु प्रेम सर्वभूत है।"

प्रेम और माया की परिभाषा एक-दूसरे से भिन्न है। नारायण जानते थे कि उनके नादान भक्त नारद को भी समयानुसार इसका बोध अवश्य हो जाएगा।

ब्रह्मदेव की निर्दोष रचना को धीरे-धीरे एक त्रुटिपूर्ण मार्ग की ओर बढ़ते देख नारद और नारायण चिंतित थे। विचरण करते हुए एक गाँव के राम मंदिर के समीप, नारायण तथा नारद ने कुछ उपद्रवियों द्वारा एक बुजुर्ग दंपत्ति को ठगने का प्रयत्न करते देखा। वृद्ध महिला के हाथों से स्वर्ण कंगन को झपटकर ठग दौड़ पड़े। वृद्ध पुरुष ने उन्हें पकड़ने का प्रयास किया और आसपास के लोगों से भी कराहते हुए सहायता माँगी, परंतु कोई सामने नहीं आया। इस कुटिल दृश्य ने नारद को व्याकुल कर दिया था— क्या यही कलयुग के लक्षण हैं कि असहाय की सहायता करने कोई समक्ष नहीं आता? वह भूमि, जो धर्मी राम की थी, अब रावण के तीर्थयात्रियों की हो चुकी थी।

घटनाक्रम के पश्चात्, मध्य रात्रि में नारायण एक वृक्ष के नीचे विश्राम कर रहे थे। नारद ने उनके चरणों की सेवा करते हुए पूछा, "भगवन्, आपने उन उद्दंडों को दंडित क्यों नहीं किया? आप तो क्षणभर में उन्हें चित कर सकते थे!"

"भक्त नारद, अन्याय से लड़ने की अनेक विधियाँ हैं। स्थूल से सूक्ष्म की ओर बढ़ने के क्रम में, विधियाँ भी सूक्ष्म होती जाती हैं। कर्म और समय अपनी भूमिका निभाएँगे और गलत को सही का सबक अवश्य सिखाएँगे।" नारायण ने बंद आँखों से उत्तर दिया।

नारद ने पुनः प्रश्न किया, "किंतु प्रभु, हम कब तक यूँही समय की प्रतीक्षा करते रहेंगे और मनुष्य की गलतियों को क्षम्य करते रहेंगे?"

भगवान् नारायण ने अपने भक्त को वात्सल्यपूर्वक उत्तर दिया, "और यदि मनुष्य की गलती ही न हो तो? मनुष्य स्वयं गलत नहीं होता नारद, परिस्थितियाँ उसे विवश कर देती हैं। समय आने पर आप भी समझ जाएँगे।" यह कहते-कहते नारायण की आँखें दूर क्षितिज की ओर देखकर मानो चमक उठीं। नारद समझ गए कि अब उनके प्रश्नों की असीम प्रणाली को धैर्य से बाँधना आवश्यक है। कुछ इस प्रकार सीखते-सिखाते दोनों की जोड़ी भूलोक की यात्रा पर आगे बढ़ी।

# 3

चलते-चलते दोनों ऐसी जगह पहुँचे, जहाँ केवल धूप से तप रहा रेगिस्तान था। चारों ओर बस धूल-ही-धूल थी। ऐसा प्रतीत हो रहा था, मानो सूर्य देवता भगवान् नारायण के दर्शन को व्याकुल हो उठे हों! पसीने से तर-बतर भगवान् नारायण की सहनशीलता डगमगाने लगी थी। किंतु उस थकान ने उनकी आँखों के तेज को कम न होने दिया।

परिश्रांत भगवान् ने अपने नौजवान भक्त की ओर देखकर कहा, "हे नारद, प्यास से गला सूखा जा रहा है। क्या कहीं से जल प्राप्त हो सकता है?"

अपने प्रभु को सूर्य की किरणों से झुलसता देख नारद अपनी भावनाओं को नियंत्रित नहीं कर सके। जीवनभर उन्होंने जिस स्वामी की पूजा की, जिन्होंने उन्हें बिन माँगे सबकुछ दिया, ऐसे नारायण की तृष्णा को वह भाँप न सके। इस सोच ने उन्हें अपराध की भावना से घेर लिया। पश्चाताप में डूबे हुए नारद ने अपने स्वामी को पेड़ की छाया में विश्राम करने की विनती की, जब तक कि वे उनके लिए थोड़ा जल न ले आएँ। तपती रेत पर अपने पैरों के निशान छोड़ते हुए, जल की खोज में नारद एक छोर से दूसरे छोर तक चले जा रहे थे। मरुस्थल के निकट से चलते हुए नारद को मृगतृष्णा की भावना सहनी पड़ी, जैसे वह उन्हें किसी चीज की ओर संकेत दे रहा हो! परंतु वे अपने स्वामी के निर्देश अनुसार पानी के लिए अधीर थे। पूरी ऊर्जा के साथ उसकी ओर दौड़ पड़े। जितनी तेजी से वे भागते, उतनी देर उन्हें उस भ्रम तक

पहुँचने में लग जाती। कुछ मील चलने के बाद वे रुक गए और देखा कि यह एक मृगतृष्णा, एक भ्रम के अतिरिक्त और कुछ भी नहीं था। नारद ने अपने श्वास को इकठ्ठा किया और चारों ओर देखकर मुसकराए। उन्हें इस बात का आभास हुआ कि जल के लिए उनकी खोज उतनी ही कठिन है, जितना नारायण का ध्यान करना। परंतु नारद स्वभाव के जितने हठी थे, उससे अधिक एक आज्ञाकारी भक्त भी। पराजय न स्वीकारने की ठानकर वे पानी की खोज में डटे रहे।

उधर नारायण वृक्ष के नीचे आँखें बंद किए हुए होठों पर सौम्य मुसकान लिये, शिथिल रूप से लेटे हुए थे। वे अपने भक्त के लिए बाधाएँ उत्पन्न कर मात्र यह देखना चाहते थे कि नारद अपने स्वामी की इच्छापूर्ति के लिए किस सीमा तक जा सकते हैं? नारद अब भी अपने उत्तरदायित्व की ओर अटल रूप से अग्रसर थे।

रेगिस्तान के समुद्र को मध्य से भेद विश्रांत और भ्रमित नारद जमीन पर गिर पड़े और मानो गाल के नीचे रेत के दाने फुसफुसाने लगे, "नारायण! नारायण!" नारद की आँखें धीरे-धीरे बंद हो रही थीं और श्वास लेना भी भारी हो रहा था। तभी अचानक नारद की आँखें खुलीं, मानो एक ऊर्जा के प्रकाश ने उन्हें अपनी चपेट में ले लिया हो। उन्होंने अपना हाथ धरती पर टिकाकर पैरों पर उठने का प्रयास किया। काँपते हुए पैरों से नारद ने एक कदम आगे बढ़ाया और कराहते हुए उनके स्वर निकले, "नारायण! नारायण!"

कुछ मील और चलने के बाद, नारद ने एक मंदिर के झंडे को हवा के संग लहराते देखा। नारद को अपनी आँखों पर विश्वास नहीं हो रहा था। उन्होंने अपनी आँखों से चारों ओर देखा, बस यह सुनिश्चित करने के लिए कि कहीं यह उनके स्वामी नारायण द्वारा रचित एक और भ्रम जाल तो नहीं? जब नारद चारों ओर देख रहे थे, तब उन्होंने सफेद कुरता और लाल पगड़ी पहने हुए एक व्यक्ति को दूर चलते देखा।

नारद उसके पास पहुँचे, और पूछा, "सुनिए सज्जन, वह जो दूर से दिखाई दे रहा है, क्या एक गाँव है?"

पुरुष ने थके हुए पर फिर भी एक सकारात्मक ऊर्जा के साथ चमकते

हुए नारद की ओर देखा और कहा, "वास्तव में, आप लंबी दूरी की यात्रा करते जान पड़ते हैं। जी हाँ, वह एक गाँव ही है।"

नारद उसकी ओर मुसकराए और हाथ जोड़कर कहा, "नारायण, नारायण!"

नारद अब मिश्रित भावनाओं के एक दौर में तैर रहे थे। वे संतुष्ट थे कि अंततः वे अपने स्वामी के लिए जल का स्त्रोत ढूँढ़ने में सफल रहे। नारद अपनी थकान और पीड़ा को भूलकर उस गाँव की ओर प्रस्थान करने लगे। गाँव की गलियों में प्रवेश कर चारों ओर देखते ही उनके चेहरे पर एक व्यापक मुसकान उठ आई। यह आभास ठीक वैसा ही था, जैसे बीच मझधार में अटके किसी नाविक को समुद्र का किनारा दिख गया हो!

## 4

अपनी चिपचिपाती हथेलियों से माथा पोछते हुए नारद ने सोचा कि सूर्यदेव आज विशेष ही उन्मत्त प्रतीत हो रहे हैं। नारद की आँखों ने रेतीली सड़क के दोनों ओर सही घरों का निरीक्षण किया। असहनीय गरमी होते हुए भी नारद के मन में ऊर्जा थी, क्योंकि अब उन्हें अपने भगवान् को जल समर्पित करने की संभावनाएँ दिख रही थीं। अब बस एक ऐसा घर निश्चित करना था, जिसे आज नारायण के आशीर्वाद का सौभाग्य प्राप्त होना था। उनके दाएँ ओर किसी के आँगन में लगे विशाल पीपल वृक्ष ने उनका ध्यान आकर्षित किया। यह घर भव्य नहीं था, परंतु अन्य की अपेक्षा सुरुचिपूर्ण था। लकड़ी के द्वार पर चूने से 'ओम नमो नारायण' लिखा गया था एवं द्वार की सफेद चौखट को सिंदूर की लाल रेखाओं से अलंकृत किया गया था। भीतर ठंडक पहुँचाने के लिए घर की दीवारें गाय के गोबर से लिपी हुई थीं। कुल मिलाकर सारे संकेत शुभ प्रतीत हो रहे थे। लंबी साँस लेते हुए नारद ने निर्णय लिया और उस घर के आँगन में प्रवेश किया। अपनी फुर्तीली चाल से वृक्ष को पार कर उन्होंने द्वार को तीन बार दृढ़ता से खटखटाया और प्रतीक्षा करते हुए स्थिर खड़े रहे। जब दूसरी ओर कोई भी गतिविधि नहीं हुई, तब उन्होंने पुनः अपना

हाथ उठाया, परंतु इससे पहले कि उनकी मुट्ठी लकड़ी से भेंट कर पाती, एक ही झटके में द्वार खुला और एक ठंडी हवा का झोंका नारद को चकित छोड़ गया। क्षणभर के लिए उनके रोंगटे खड़े हो गए थे। कोई आश्चर्य ही करेगा कि ऐसे तीक्ष्ण रेगिस्तान में इतनी शीतल हवा कहाँ से आई? इस प्रश्न का उत्तर तो केवल भगवान् के पास और नारद के समक्ष उपस्थित सौंदर्य के इस प्रतीक के पास था।

उसकी त्वचा इतनी निर्मल थी कि सूर्य का प्रतिबिंबित प्रकाश भी नारद पर गिरते ही सुहावना प्रतीत हो रहा था। एक दूसरा हवा का झोंका, जो पहले की अपेक्षा कुछ हल्का था, आकर कन्या के रेशमी भूरे सुनहरे बालों में घुल गया, जो उसकी कमर तक पहुँच रहे थे। उसकी शिष्ट और छोटी कद-काठी साफ-सुथरी गुलाबी रंग की साड़ी में लिपटी हुई थी, जो उसके कोमल गालों और रसीले होठों को और निखार रही थी। उसकी सुनहरी भूरी आँखें, लंबी पलकों की छाया में शहद की बूँदों के समान चमक रही थीं।

'क्या यह फिर कोई मृगतृष्णा है?' नारद के मस्तिष्क ने उनके हृदय से पूछा। 'क्या मैं पृथ्वी पर नहीं हूँ? क्या मैं कभी पृथ्वी पर था भी? वैसे तो यह आँगन इंद्र के दरबार समान बिल्कुल नहीं हैं, परंतु यह सुंदरी निश्चित रूप से उनकी किसी अप्सरा समान लगती है; कदाचित् उनसे भी अधिक दिव्य।'

"मैं आपकी कैसे सहायता कर सकती हूँ?" उसने पूछा, परंतु शब्द जैसे नारद के कानों पर गिरकर फिसल गए। उन्होंने केवल उसके होंठों की हरकत देखी और मन में जैसे तितलियाँ उछल उठीं। वे उसकी आँखों में खोए हुए थे, जो उनकी ओर देख रही थीं, फिर उनके पीछे देखकर पुनः उनके चेहरे पर उत्तर खोजने लगी। नारद कन्या के मुख से उच्चारित शब्दों में ऐसे मगन थे, जैसे कोई वीणा का स्वर!

"मैं आपकी किस प्रकार सहायता कर सकती हूँ?" उसने फिर से पूछा, इस बार मुसकराते हुए, क्योंकि उसके समक्ष उपस्थित इस पुरुष का मुँह खुला-का-खुला ही था, भगवान् जाने क्यों? यद्यपि इस बार नारद समझ गए कि उसने क्या कहा था। 'मैं तुम्हारी सहायता चाहता हूँ, परंतु मुझे याद नहीं किसलिए?' उन्होंने मन-ही-मन उत्तर दिया।

नारायण, नारायण! अब मैं जान गया कि विश्वामित्र के ध्यान को भंग करने के लिए मेनका का क्या प्रभाव रहा होगा, क्योंकि यह अज्ञात सुंदरी, बिना किसी प्रयास के मुझे मेरे ब्रह्मचर्य की अंतिम सीमा तक धकेल रही है। कितने समय से हम ऐसे खड़े हैं? क्या हमारा विवाह हो चुका है? इस प्रकार के विचार क्यों मेरे भीतर पनप रहे हैं? भला क्यों न पनपें? नारद अपने विचारों को मथते रहे कि सदियों के वैराग्य के फलस्वरूप मुझे मेरे प्रेम से मिलाया है। उन्होंने न केवल एक सोलह वर्षीय कन्या को उसके यौवन के शिखर पर पाया, बल्कि नारायण के उज्जवल प्रकाश को भी उसके भीतर झलकता देखा और उसी क्षण समझ गए कि भले जो हो जाए, वे इस सुंदरी को अपने जीवन से नहीं जाने देंगे। नारायण के आशीर्वाद से नारद कभी किसी चीज से वंचित नहीं रहे। यह उन प्रार्थनाओं का उत्तर था, जो उन्होंने कभी उच्चारित नहीं किए, परंतु जिनका फल उन्हें अनायास ही मिल गया, क्योंकि यही उनके लिए उत्तम था।

"सावित्री! कौन है द्वार पर?" पीछे से आती एक भारी आवाज की गूँज ने लड़की को चौंका दिया, जो स्वयं भी उस राहगीर की सादगी से भरपूर, परंतु फिर भी मोहक आकृति में मगन हो गई थी।

'सावित्री, अर्थात् सूर्य की पुत्री,' नारद का मन कहने लगा। कदाचित् सूर्यदेव भी मुझे यह बताने का प्रयास कर रहे थे कि मैं अपने जीवन के प्रेम से मिलने जा रहा हूँ, जिसका नाम उनकी पुत्री के नाम पर है। परंतु केवल ग्रीष्म के माध्यम से कैसे किसी को संदेश दिया जा सकता है कि आज उनके साथ कुछ शुभ होगा? खैर, सूर्यदेव का भी क्या दोष? वे तो अपनी भावनाओं को ग्रीष्म किरणों से ही व्यक्त कर सकते हैं।

एक लंबे, चौड़े कंधों व कठोर मुख के पुरुष घर से बाहर आए। आँखों के कोनों पर जीवन के अच्छे और बुरे अनुभवों की झुर्रियों के मध्य में उनकी दृष्टि तीक्ष्ण थी। उनकी लंबी और नुकीली मूँछों से ढँके हुए होंठ एक स्वागतमय मुसकान में बदल गए।

"मेरी पुत्री को क्षमा करें। कृपया बताएँ, हम कैसे आपकी सहायता कर सकते हैं?" उन्होंने हाथ जोड़ते हुए कहा। सावित्री अंदर चली गई थी और

साथ ही अपने सम्मोहन को भी ले गई थी, जिसमें उसने नारद को उलझा रखा था। नारद उसकी अनुपस्थिति में अपनी चेतना में लौट आए। उन्होंने अपना गला साफ किया और उत्तर में हाथ जोड़ते हुए 'नारायण, नारायण' से अभिवादन किया।

"आप अपनी कन्या का हाथ मेरे हाथ में देकर सहायता कर सकते हैं, जिससे कि हम पवित्र विवाह के बंधन में बँध सकें।"

□

2

# नारद का विवाह

एक अपरिचित के मुख से अकस्मात् निकले ऐसे वाक्य को सुनकर सावित्री के पिता स्तब्ध रह गए। वे तो इस विचार में थे कि यह राहगीर अधिक-से-अधिक भोजन की भिक्षा माँगने आया होगा। किंतु इन्होंने तो उनकी पुत्री का हाथ ही माँग लिया! अब ऐसे में भला कोई क्या उत्तर दे? नारायण के भक्त होने के कारण वे एक शांत स्वभाव के व्यक्ति थे। अतः उन्होंने कोई भी प्रतिक्रिया देने के पूर्व नारद को अपने घर में प्रवेश करने का आग्रह किया।

आमंत्रण तो सहमति का पहला पड़ाव होता है, सोचकर नारद अपने पदों में उत्तेजना और हृदय में हर्ष लिये पुराने पारंपरिक आसन पर बैठे। आसपास दृष्टि घुमाई तो देखा की वास्तव में घर के भीतर का वातावरण शीतल और नीरव था। उनकी दाईं ओर की दीवार पर भगवान् नारायण की शेषनाग पर सोती हुई छवि उकेरी गई थी। एक और शुभ संकेत! उनके चेहरे की मुसकान तो जैसे छोटी होने को तैयार ही नहीं थी। यह कदाचित् उनके जीवन के सर्वोत्तम दिनों में से एक था। सावित्री के पिता जल का पात्र लेकर नारद के पास गए। नारद ने उनकी ओर देखा और हाथ जोड़कर जल स्वीकार किया। इससे पहले कि सावित्री के पिता अपनी पलकें झपक सकते, नारद ने जल को एक ही श्वास में पी लिया। नारद ने पुनः अपना पात्र आगे कर और थोड़े जल का निवेदन किया। सावित्री के पिता अपनी भावनाओं को नियंत्रित न कर सके और उन्होंने पूरे कांस्य का लोटा नारद

की ओर कर दिया। नारद ने इसे भी स्वीकार कर यों जल ग्रहण किया, मानो जन्मों के प्यासे हों!

पानी पीने के पश्चात्, सावित्री के पिता ने नारद के समक्ष रखी चटाई पर आसन ग्रहण किया।

"कहिए, हम आपकी किस प्रकार सेवा-अर्चना कर सकते हैं?" कदाचित् गरमी सिर में चढ़ गई हो, इसलिए द्वार पर विवाह की बात कर रहे होंगे, ऐसा विचारकर उन्होंने पुनः नारद से प्रश्न किया।

"हे मुनिवर, मैंने पहले ही मेरे हृदय की इच्छा आपके सामने प्रकट कर दी है। मैं चाहता हूँ कि आप अपनी पुत्री सावित्री से मेरा विवाह करा दें, ताकि आपके आशीर्वाद के साथ हम दोनों एक सुखद जीवन व्यतीत कर सकें," "नारद ने पूरी निर्मलता से उत्तर दिया।"

सावित्री के पिता मन-ही-मन नारद के आग्रह का उत्तर ढूँढ़ने का प्रयास कर रहे थे। उन्होंने नारद की ओर हाथ जोड़कर कहा, "देखिए, मैं आपकी भावनाओं को समझ सकता हूँ। किंतु कृपा करके आप एक पिता की दृष्टि से भी इस स्थिति को समझें। मात्र आपके शब्दों पर विश्वास कर मैं अपनी प्रिय पुत्री का हाथ आपको कैसे सौंप दूँ? न तो हमारा कोई आपसी परिचय है और न ही मैं आपकी यात्रा के उद्‌देश्य से अवगत हूँ। अब आप ही विचार करें कि…"

"नारायण! नारायण!" नारद मुनि हँस पड़े और उनकी बात को काटते हुए बोले, "हे सज्जन! तो बात बस परिचय की है। यदि यही विडंबना आपको अपनी पुत्री का कन्यादान करने में बाधक बन रही हो तो मैं अभी आपको इस दुविधा से मुक्त कर देता हूँ।"

चेहरे पर मुसकान लिये नारद ने सिर पर बँधी अपनी पगड़ी को हटाया, जिससे उनके घुँघराले काले बाल कंधों पर गिरकर हवा के सहारे लहलहाने लगे। उन्होंने अपने गले में पगड़ी का कपड़ा लपेटा और पिता के आगे झुककर कहा, 'हे पितामह, मैं ब्रह्मर्षि नारद हूँ, ब्रह्मदेव और माता सरस्वती की संतान तथा स्वामी नारायण का समर्पित भक्त। मैं तो अपने नियमित भ्रमण पर निकला था, परंतु एक विचित्र सी तृष्णा ने आपके घर का रास्ता दिखा

दिया। कभी इस संसार में कुछ व्यर्थ हुआ है ? हर परिस्थिति का जन्म किसी कारणवश हुआ है। कदाचित् मेरा सावित्री से मिलन, आपसे वार्त्तालाप करना तथा आपकी पुत्री से विवाह करने की इच्छा आपके समक्ष प्रकट करना, किसी दिव्य उद्देश्य को पूर्ण करने हेतु हुआ है।" नारद उनके निकट जाकर धीमे स्वर में बोले, "सब नारायण की लीला है, इस पर संदेह न करें पितामह।"

सावित्री के पिता स्तब्ध थे और नारद को देख मंत्रमुग्ध हो चुके थे। ब्रह्मर्षि के कोमल वचन सुनकर उनकी आँखों में आँसू छलक उठे। उनके तेजस्वी शारीरिक रूप एवं शीतल वाणी के साथ मुसकराते हुए चेहरे ने घर में सभी का ध्यान आकर्षित कर लिया था। सावित्री अपने कक्ष के द्वार के पीछे छुपकर यह सब देख केवल कल्पना ही कर सकती थी कि अमरावती वासी नारद ही उसके कृष्ण थे और वह उनकी राधा! यदि नारद राम थे, तो वह सीता!

## 2

नारद की बातें सुनने के बाद, सावित्री के पिता, जो अब अपनी प्रिय पुत्री का विवाह नारद के साथ रचाने के लिए पहले से अधिक तैयार थे, अपने भावी जामाता से अपने परिवार का परिचय कराया। परिवार छोटा था। केवल होनेवाले ससुरजी और उनकी दो सुशील बेटियाँ। सावित्री सबसे बड़ी थी और छोटी का नाम इंदु था। परिवार को बेहतर तरीके से जानने के बाद, सावित्री के पिता ने अपनी एकमात्र माँग को आगे रखा—

"देवर्षि, विवाह के लिए तो अपनी सज्जता आपने दिखा दी है, परंतु स्थिति कुछ ऐसी है कि मैं गाँव का प्रधान हूँ और इस कारण मेरा सदा ही विचार रहा है कि अपनी पुत्री का विवाह किसी ऐसे व्यक्ति से हो, जो इस ग्राम का प्रधान बनकर अपने गृहस्थ जीवन को सफल रखे", आँगन से गाँव की ओर देखते हुए प्रधानजी ने नारद से कहा। "हमें आप पर पूर्ण विश्वास है और यह तो हमारा सौभाग्य है कि आप जैसा ब्रह्मर्षि वर मेरी पुत्री को प्राप्त होगा। यदि आपको इससे कोई आपत्ति हो तो!"

"नहीं, नहीं पितामह," नारद ने उनके जोड़े हुए हाथों को पकड़कर कहा। "मुझे यह मान्य है।" ऐसा सुनकर मानो ससुरजी के मन में हर्ष के भँवरे भिनभिनाने लगे। नारद को भला क्यों कोई आपत्ति होगी? गाँव तो सँभल जाएगा, परंतु सावित्री से मिलन की उत्सुकता कैसे सँभले? अब तो जो बाधा आए, उसे पार कर विवाह मंडप में शीघ्र-अति शीघ्र प्रवेश करना है।

"आपसे निवेदन करता हूँ, कि संध्या का भोजन आप हमारे साथ करें," सरपंचजी ने हाथ जोड़कर कहा। 'वैसे तो आयुष्यभर का जीवन यहीं करना है तो संध्या की क्या बात है?' नारद ने मन-ही-मन कहा।

"अवश्य," नारद ने उत्तर दिया।

"संध्या के भोज के लिए पुरोहितजी को भी आमंत्रित करेंगे। वे हमें उचित मुहूर्त बताएँगे," सरपंचजी ने कहा।

यह सुनने के पश्चात् संध्याकाल तो इतना दूरस्थ लग रहा था, जैसे वर्षों बाद ही आएगा! कन्या के पिता ने नारद के विश्राम की अवस्था एक कक्ष में करवा दी। वे विचार करने लगे कि अधिक-से-अधिक दो दिनों में विवाह संपन्न करवा लेंगे, क्योंकि कहीं कोई दूसरा प्रार्थी आ गया तो नारायण कृपा से यह सुखद अवसर वे यूँ ही नहीं जाने दे सकते। परंतु ये पुरोहित आए तो बात कुछ आगे बढ़े। विवाह की विभिन्न तैयारियों को नारद अपने मन में सजा रहे थे। विश्राम करने में उन्हें कोई रुचि नहीं थी, परंतु एक पहर लेटने के बाद, जिसमें उन्हें रंचमात्र भी नींद नहीं आई थी, वे उठ खड़े हुए और घोर व्याकुलता के साथ कन्या के पिता से पूछने लगे, "क्या पुरोहितजी आ गए?"

कन्या के पिता ने बताया, "क्षमा करें देवर्षि, उन्हें अभी आने में कुछ समय शेष है।" जैसे-तैसे सूर्योदय हुआ। अंत में संध्या आई तथा पुरोहितजी को अपने संग लाई। एक बार के लिए तो नारद के मन का विचलित मन थोड़ा शांत हुआ। परंतु इस विचार में व्याकुलता बढ़ गई कि अब पुरोहितजी शीघ्र-अति शीघ्र विवाह का समय निर्धारित कर दें।

पुरोहितजी के घर में प्रवेश करते ही कन्या के पिता ने उनसे जलपान इत्यादि ग्रहण करने का निवेदन किया। नारद मन-ही-मन कह रहे थे कि

जलपान तो बाद में भी होता रहेगा, पहले विवाह के संबंध में चर्चा तो कर लें! परंतु लोक-लाज के भय से नारद यह बोल नहीं पाए। इधर पुरोहित ने बताना शुरू किया कि वे आते समय किस कारण से विलंबित हुए। नारद को इसमें तनिक भी रुचि नहीं थी, फिर भी वे ऐसे सुन रहे थे, जैसे पुरोहितजी के विलंब का कारण जानने के लिए ही बैकुंठ से मृत्युलोक तक की यात्रा साधी हो! वे विकल्प विहीन होकर पुरोहितजी की ओर देखते रहे और उनकी बातें सुनते जा रहे थे। तभी कन्या के पिता ने ब्रह्मऋषि व पुरोहितजी से भोजन ग्रहण करने का निवेदन किया। अब मानो नारद मुनि से रहा न गया।

मन में किसी प्रकार का भय न रखते हुए वे तपाक से बोल पड़े, "उचित रहेगा कि हम विवाह के संबंध में पहले चर्चा कर लें।"

कन्या के पिता नारद की व्याकुलता समझ गए और अपनी मुसकराहट छुपाते हुए पुरोहितजी से निवेदन किया कि वो विवाह के संबंध में उचित मुहूर्त बताएँ। कन्या के पिता ने न जाने किस मंशा के तहत नारद का मूल परिचय पुरोहितजी को नहीं दिया। हालाँकि, पुरोहितजी ने परिचय माँगा भी नहीं था।

पुरोहितजी ने अपना झोला खोला, जिसमें से पत्री इत्यादि निकाली और मुहूर्त देखना शुरू किया। थोड़ी देर देखने के बाद उन्होंने कहा, "आज से लगभग बारह दिनों बाद का एक मुहूर्त दिखाई पड़ता है।"

यह सुनते ही मानो नारद मुनि पर पहाड़ सा टूट गया। उन्होंने मन-ही-मन सोचा, 'बारह दिन? मैं बारह क्षण भी प्रतीक्षा नहीं कर सकता हूँ, पुरोहितजी! मैं ब्रह्मर्षि हूँ, गृह नक्षत्र में इतना साहस कि वो मेरा अनिष्ट कर सकें! पर ईश्वर की कृपा से उन्होंने ऐसा कहा नहीं।

नारद के लिए ये बारह दिन जैसे बारह वर्ष तक सावित्री से मिलन की प्रतीक्षा करना था! हालाँकि, उन्होंने बारह दशकों तक अपने स्वामी की तपस्या की थी, परंतु इन बारह दिनों का पलड़ा उन बारह दशकों से अधिक भारी प्रतीत हो रहा था। परंतु स्वयं को नियंत्रित करते हुए उन्होंने इस बात को स्वीकार लिया और उन दिनों का उपयोग गाँव के जीवन को समझने और ग्रामीणों के साथ बातचीत करने के अवसर के रूप में किया। इसी बातचीत के दौरान नारद की मुलाकात सरपंच के मित्र, वर्मन से हुई।

वर्मन एक साधारण युवक था। वह सावित्री के परिवार के हलके-फुलके काम सँभालता था और उसके लिए एक प्यारे छोटे भाई की तरह था। वर्मन ने नारद को गाँव और गाँव की जनसंख्या, उनका जीवन स्तर, उनका प्राथमिक व्यवसाय, इत्यादि समझने में सहायता की। गाँव का आधार ग्रहण करने के पश्चात् वे समझ सकते थे कि बाहर से उपयुक्त लगनेवाले इस गाँव में कई आंतरिक संघर्ष थे। नारद, जो कि गाँव के भावी नेता होने जा रहे थे, उन्हें यह ज्ञात था कि गाँव की सभी समस्याओं से परिचित होना अत्यंत आवश्यक है।

गाँव के कामकाज को जानने के दौरान नारद को यह भी पता चला कि ग्रामीणों का विभाजन किया गया था—जाति और वर्ग से। इस विभाजन का दुरुपयोग ग्रामीणों के बीच बढ़ते संघर्ष का एक प्रमुख कारण था। नारद को पता था कि उन्हें इस समस्या से कुशलता से निपटना था। नारद को यह भी पता चला कि कुछ ऐसे लोगों का एक समूह भी था, जो सरपंच बनने के लिए नारद के विरुद्ध थे। नारद के लिए इन पुरुषों को जानना बहुत आवश्यक हो गया, क्योंकि नारद कूटनीति के मूल्य के महत्त्व को जानते थे— अपने शत्रुओं को सदैव समीप रखो। ग्रामीणों के वृत्तांत से एक संक्षिप्त राय और सुझावों के बाद पता चला कि विपक्ष का नेतृत्व सरमन नामक एक चालाक व्यवसायी ने किया था। सरमन, जो एक लंबे, बलशाली शरीर से लैस भूरी त्वचा के साथ, आँखों में झलकती लोमड़ी की सी चालाकी तथा अपनी ओर आकर्षित करनेवाली आभा लिये, स्वयं सरपंच पद के लिए लड़ना चाहता था। स्पष्ट रूप से वह नारद की घुसपैठ को सहन नहीं कर पाएगा।

नारद के लिए ये सारी समस्याएँ नई थीं। वे नहीं जानते थे कि इस राजनीति से कैसे निपटना है? वे गाँव प्रशासन के कार्यकाल के अनुरूप होने का प्रयास कर रहे थे। वर्मन की मदद से नारद को गाँव में भूमि से जुड़ी समस्याओं के विषय में भी पता चला। उन्हें यह भी पता चला कि एकता का मूल्य गाँव से लगभग लुप्त सा होता जा रहा था। हालाँकि, सावित्री के पिता ने गाँव के वातावरण में खुशहाली की भावना फैलाने का जी तोड़ प्रयास किया, किंतु फिर भी वे ग्रामीणों के बीच बढ़ती असमानता को नहीं रोक सके।

# 3

देखते-ही-देखते, वह दिन अब निकट आ रहा था, जिसके बारे में सोचकर नारद के होंठ अनायास मुसकराने लगते। विवाह की तैयारियाँ बड़े उत्साह से चल रही थीं। अब से दो दिन बाद नारद सावित्री के साथ अग्नि को साक्षी मानते हुए सात फेरे लेंगे। परंपरा के अनुसार, हल्दी समारोह के बाद शादी से एक दिन पहले, दूल्हे और दुल्हन को एक-दूसरे को देखने की अनुमति नहीं थी। तो वर्मन की सहायता लेकर नारद ने सावित्री को आधी रात के बाद घर की छत पर मिलने का संदेश पहुँचाया, ताकि वे दोनों एकांत में कुछ समय साथ बिता सकें।

नारद धीमे कदमों से छत के एक कोने पर पहुँचे। जब उन्होंने इधर-उधर देखा, तब एक व्यक्ति वहाँ पहले से ही खड़ा दिखाई पड़ रहा था। नारद अपनी भावनाओं को नियंत्रित करते हुए उत्सुक कदमों से उस परछाईं की ओर बढ़े। रात बहुत गहरी हो चुकी थी। आसपास इतना अँधेरा था कि नारद केवल व्यक्ति के हाथों को देख सकते थे। वे तुरंत जान गए थे कि यह उनके प्रेयसी के हाथ हैं। उन्होंने उसके पास धीरे से पहुँचकर हर्षपूर्वक उसका हाथ अपने हाथों में ले लिया।

"कैसी हो प्रेयसी ?" नारद ने धीमी आवाज में पूछा।

प्रेयसी के मुख से कोई उत्तर नहीं आया। परंतु नारद अपनी भावी पत्नी का हाथ थामकर इतने हर्षिल थे कि उन्होंने सराहना करना बंद नहीं किया और अपनी प्रेम भावना प्रकट करते चले गए। तभी पृष्ठभूमि में एक हलचल सी हुई ,परंतु अपने प्रेम को व्यक्त करने में लिप्त नारद को उसका आभास नहीं हुआ। पायल की छनक हल्के से नारद की ओर बढ़ रही थी। कन्या ने अपना हाथ आगे बढ़ाया और नारद के कंधे पर रख दिया। नारद ने बात करना बंद कर दिया और अचानक से पीछे मुड़े यह सोचकर कि अब तो पकड़े गए। परंतु वह और कोई नहीं, बल्कि सावित्री थी!

सावित्री को देखकर वह दंग रह गए, जो अँधेरे में भी बेहद सुंदर दिख रही थी। ऐसा प्रतीत हो रहा था, जैसे उस रात नारद के इर्द-गिर्द दो चाँद हों!

नारद ने दूसरे व्यक्ति की ओर देखा और उसे घुमाने के लिए उसका कंधा पकड़ लिया। वह वर्मन था। कृतज्ञता तो इस बात की थी कि रात के अँधेरे में नारद के लाल-लाल गालों पर उनकी लज्जा दिखाई नहीं दी।

"तुम यहाँ क्या कर रहे हो, वर्मन?" नारद ने पूछा।

"मैं आपके हेतु बस यह सुनिश्चित कर रहा था कि सावित्री दीदी के साथ आपको कोई पकड़ न ले," वर्मन ने अपनी हँसी दबाते हुए कहा।

नारद ने एक गहरी साँस ली। "फिर आपने मुझे रोका क्यों नहीं?"

वर्मन ने अपनी हँसी को जितना हो सके, उतना नियंत्रित रखते हुए कहा, "मैंने प्रयास किया, परंतु आप अपने प्रेम की व्याख्या में इतने डूब गए थे कि मुझे लगा, मैं आपको न रोकूँ तो ही ठीक है।"

यह सुनकर सावित्री की हँसी फूट पड़ी। इसे देख वर्मन से भी रहा न गया। सावित्री की खिलखिलाती हँसी जैसे ही उनके कानों पर पड़ी, उनकी सारी लज्जा मानो पवन के अगले झोंके सहित उड़ गई।

दूसरे दिन की सुबह नारद के जीवन में एक सुनहरा सवेरा लेकर आई थी। नारद बहुत प्रसन्न थे। प्रतिदिन की भाँति नारद उठे और अपने नित्य कर्म को पूरा किया और सुबह गाँव की सैर के लिए निकल पड़े। परंतु आज कुछ अलग सा था। आज उनके चेहरे की मुसकान कुछ और व्यक्त कर रही थी। जो भी नारद को देखता, वह उन्हें देखने से पहले उनके भीतर उभरते हुए आनंद को पहचान जाता। अंततः उनके विवाह के लिए केवल एक दिन शेष था। नारद टहलने के बाद वापस आए और देखा कि घर के मुख्य द्वार पर एक पंडाल बाँधा जा रहा था। नारद ने मुसकराते हुए घर में प्रवेश किया। घर को चारों ओर से फूलों की मालाओं और दीयों से सजाया जा रहा था। हर कोई अपनी हलचल में व्यस्त था। नारद यह सब देख अपने कक्ष की ओर बढ़ते जा रहे थे। कमरे में एक छोटे सा मंदिर था, जिसमें नारायण की एक छोटी मूर्ति थी। वे मंदिर तक पहुँचे और उनकी आँखें नम हो गईं।

जोड़े हुए हाथों और बंद आँखों के साथ उन्होंने कहा, "नारायण, नारायण! कदाचित् आप यह सब देखने के लिए यहाँ होते! आपने मेरे लिए जो कुछ भी किया, उसके लिए मैं सदैव आपके चरणों में समर्पित रहूँगा।"

नारद ने एक सफेद कुरता-धोती पहनी और हल्दी समारोह के लिए आँगन में प्रवेश किया। गाँव का हर व्यक्ति इस हर्षोल्लास को देखने आया था, यहाँ तक कि सरमन भी।

## 4

एक शिशु की भाँति उत्साहित नारद उस रात सो नहीं पाए थे। जैसा कि सुनिश्चित था, विवाह समारोह का मुहूर्त सूर्योदय के चार घंटे बाद था। यदि नारद के पास शक्तियाँ होतीं तो वे उनका उपयोग सूर्यदेव को अति शीघ्र बुलाने में कर लेते और अपनी इच्छा अनुसार समय को नियंत्रित करते। नारद शीघ्र उठे और स्नान कर आए। वर्मन उनके लिए नए-नवेले कुरते और धोती लेकर आनेवाला था, जो उन्होंने विशेष रूप से इस दिन के लिए सिलवाया था। वर्मन की प्रतीक्षा करते समय नारद ने विचार किया कि क्यों न तब तक स्वामी नारायण का ध्यान किया जाए एवं स्वामी का आशीर्वाद लिया जाए! जब नारद अपनी ध्यान मुद्रा में व्यस्त थे, वर्मन धीरे-धीरे कमरे में चला आया और उसने कुछ चंदन की खुशबूवाले जल एवं कुरता और धोती को बिस्तर पर रख दिया। नारद के लिए अपने विवाह के दिन आकर्षक दिखना बहुत महत्त्वपूर्ण था।

दूसरी ओर, यदि सावित्री के पास कोई विकल्प होता तो वह अपने विवाह का जोड़ा पहने ही सो जाती। वह भी अति शीघ्र उठ गई और किसी की प्रतीक्षा किए बिना स्वयं ही तैयार होने लगी।

नारद के तैयार होने के पश्चात् वर्मन ने नारद के सिर पर एक पगड़ी बाँधी। लाल शरारे के कपड़े ने नारद के आकर्षक व्यक्तित्व को चार चाँद लगा दिए थे। एक गहरी साँस लेकर नारद ने पंडाल की ओर प्रस्थान किया। उनका व्यक्तित्व ऐसा था कि पंडाल में हर कोई केवल उन्हें देख रहा था। यहाँ तक कि विवाहित महिलाएँ भी नारद को देख यह विचार कर रही थीं कि कोई बिना किसी सौंदर्य प्रसाधन के इतना आकर्षक कैसे लग सकता है?

विवाह के दिन, पास के गाँव से कुशल संगीतज्ञों को बुलाया गया था, जो मिलन के पवित्र आभास को अपने संगीत की मधुरता से व्यक्त कर रहे थे।

उनके सुर नारद और सावित्री के हृदय के तारों को विभिन्न तानों में छेड़ जा रहे थे। हवा में एक से बढ़कर एक पकवानों की सुगंध थी। सरपंचजी ने अपनी बेटी के लग्न के प्रबंधों में कोई कमी न छोड़ी थी। एक छोर पर खड़े नारद ने अपनी प्रेयसी को पंडाल में प्रवेश करते हुए देखा। उसने हरे और लाल रंग की चोली और सिर पर लाल चुनरी पहनी हुई थी। नारद की आँखें केवल सावित्री पर गड़ी हुईं थीं। ऐसा लगा, जैसे समय, पंडाल में होती हलचल, मेहमानों की फुसफुसाती आवाजें, सब एकदम से थम गए थे! सावित्री किसी स्वयंवर में श्री राम की ओर बढ़ती हुई सीता माता और अर्जुन की ओर बढ़ती हुई द्रौपदी समान लग रही थी। उस क्षण नारद मुनि राम से लेकर अर्जुन तक सबकुछ थे। अंततः प्रतीक्षा और धैर्य के साथ नारद ने अपनी प्रेयसी सावित्री से विवाह कर ही लिया। विवाह पश्चात् एक-दूसरे के साथ भोजन का आदान-प्रदान करते हुए दोनों सुखी प्रतीत हो रहे थे। हर कोई अपने नए सरपंच को संतुष्ट देखकर आनंदित दृष्टि प्रकट कर रहा था।

नारद जानते थे कि असली चुनौती विवाह के पश्चात् प्रारंभ होगी और नए सरपंच के रूप में उनका कार्य कठिन होनेवाला था। नारद को औपचारिक रूप से सरपंच का पद प्रदान करने का दिन विवाह के एक मास पूर्व ही निर्धारित कर लिया गया था। परंतु नारद ने चतुराई दिखाई। शपथ लेने से पूर्व ही वे स्वयं गाँव की देखभाल में कार्यरत हो गए। उन्होंने धीरे-धीरे लोगों से संवाद साधना शुरू किया और गाँव की स्थिति को विकसित करने के लिए अपने विचारों को आगे बढ़ाने के लिए कहा। ऐसा करने का उद्देश्य लोगों के बीच बातचीत को प्रोत्साहन देकर गाँव के विकास में लोगों को भी सम्मिलित करना था।

परंतु जब नारद ने गाँव के लिए कोई आवश्यक कदम उठाया, तब तब उन्हें सरमन और उसके समर्थकों के भारी विरोध का सामना करना पड़ा। सरमन और उनके समर्थकों ने ग्रामीणों के बीच इस बात को फैलाना शुरू कर दिया कि नारद गाँव के सरपंच होने के लायक थे ही नहीं, कि वे कोई और नहीं, बल्कि मात्र एक घुसपैठिए थे। ग्रामीणों में असंतोष बढ़ता ही जा रहा था और नारद यह देख सकते थे, क्योंकि अब गाँव दो समूहों में बँट

रहा था। एक, जिसने नारद का समर्थन किया और दूसरा, जिसने उन्हें केवल एक घुसपैठिया माना। इस समस्या को संबोधित करना नारद के लिए अत्यंत आवश्यक हो गया था।

एक दिन फसल क्षेत्र में नारद एक गहरी सोच में डूबे हुए थे कि वह कैसे ग्रामीणों द्वारा सामने रखे गए इस नए मुद्दे से निबटें? वर्मन आसपास के क्षेत्र में गायों को चरा रहा था। तभी नारद विचार-विमर्श हेतु वर्मन के पास गए।

वर्मन ने कहा, "नारद, चर्चा का विषय यह नहीं कि आप एक बाहरी व्यक्ति हैं या सरपंच बनने में सक्षम नहीं हैं, अपितु बात यह है कि आपको दूसरों के समान अवसर न प्रदान कर, बिना किसी परिश्रम के सरपंच पद मिल गया। लोग आपकी वास्तविक बुद्धिमत्ता तथा कुशलता को तब ही समझ सकते हैं, जब आपको समान अवसर दिया जाए।"

वर्मन की बात से नारद पूर्णतः सहमत थे। शाम को घर लौटते समय नारद ने विस्तृत विवरण प्राप्त करने के लिए अपने ससुरजी से इस विषय पर चर्चा करने का निर्णय लिया।

रात्रिभोज के लिए बैठे नारद ने अपने ससुरजी को उत्पन्न समस्या से अवगत कराया और वर्मन द्वारा दिए गए विमर्श को भी सामने रखा।

"वर्मन का कथन उचित है, परंतु यह भी महत्त्वपूर्ण है कि आप स्वयं पर विश्वास रखें। आप उचित कार्य करें या अनुचित, विपक्ष सदा कुछ-न-कुछ दावा करता रहेगा। आप उस विरोध की स्थिति में भी कितने विश्वास के साथ पेश आते हैं, क्या आप उन्हें अपने हर कदम पर प्रश्न उठाने देते हैं या उन्हें अपने अच्छे कर्मों द्वारा सिर झुकाने पर विवश कर देते हैं, यह सब आप पर निर्भर है।" पिता ने कहा।

नारद उनकी बात से सहमत हो गए। अगले दिन नारद ग्रामीणों के पास गए और सबको दो दिन बाद होनेवाली ग्राम पंचायत बैठक के लिए उपस्थित होने को कहा। उन्होंने यह भी कहा कि सरपंच होने का उनका निर्णय उसी बैठक पर निर्भर था।

यह खबर आग की तरह फैल गई। सरमन और उनके समर्थक खुश थे, क्योंकि उन्हें लगा कि नारद पंचायत से अपना नेतृत्व वापस देने जा रहे थे और

सरमन को नया सरपंच घोषित किया जानेवाला था। परंतु नारद की कुछ अलग योजनाएँ थीं।

दो दिनों के बाद, जैसा कि निर्धारित किया गया था, गाँव के केंद्र में पंचायत की बैठक हुई। जैसा कि सरपंच के पद पर प्रश्नचिह्न था, सभी ने बैठक में भाग लिया। वे यह जानने के लिए उत्सुक थे कि क्या होने जा रहा है और यह पूरी बात किस तरफ पलटेगी?

बैठक का प्रारंभिक अनुनाद पूर्व सरपंच अर्थात् नारद के ससुर ने किया। इस समस्या को सामने रखने के बाद, सारा कार्यभार नारद को सौंप दिया गया। जिन्होंने सभा की काररवाई को आगे बढ़ाया।

नारद ने विनम्रता और सम्मान के साथ सभी को नमन किया। सदा की तरह सर्वप्रथम नारद ने, "नारायण, नारायण, मेरे प्रिय गाँववासियो, ध्यान दीजिएगा।" कह ग्रामवासियों को संबोधित किया। एक विनम्र मुसकान के साथ उन्होंने सबकी ओर देखा और कहा। "मैं इस गाँव को 'मेरा' कहता हूँ, क्योंकि मैं आपको हृदय से अपना मानता हूँ। मैं जानता हूँ कि आप में से कुछ लोग मुझे केवल एक घुसपैठिए रूप में मानते हैं, जो सरपंच बनने की चेष्टा कर रहा है। आज मुझे उनसे यह कहना है कि, हाँ, मैं आपके लिए एक पराया हूँ, परंतु मेरे लिए आप ही मेरा परिवार हैं।" इस वाक्य पर भीड़ में उपस्थित आधे से ज्यादा लोग तालियाँ बजाने लगे।

"आज मैं आप सभी से यह अनुरोध करने के लिए खड़ा हूँ कि कृपया मुझे मात्र एक अवसर प्रदान करें। नेतृत्व करने के उद्देश्य से नहीं, बल्कि आपकी मन से सेवा करने हेतु, मैं अपनी माँग आपके समक्ष रखता हूँ। मैं हाथ जोड़कर आपसे छह महीनों का समय माँगता हूँ। आप अपने सरपंच के रूप में मुझे स्वीकार करें और सेवा करने का अवसर दें। उन छह महीनों के पश्चात् पंचायत पुनः चुनाव के लिए बैठेगी और जो कोई भी मेरे काम से संतुष्ट न होंगे, वे खड़े होकर मेरे विरुद्ध चुनाव लड़ सकते हैं। परंतु यह छह महीने मेरे लिए बहुत मूल्यवान् हैं। मैं आपको वचन देता हूँ कि मैं आपको निराश नहीं करूँगा और आपकी सेवा करने के लिए दिन-रात तैयार रहूँगा। जो कोई भी मुझसे सहमत हो, कृपया अपने हाथ ऊपर करे। धन्यवाद।"

बैठक में गहरी चुप्पी थी। सभी लोगों ने एक-दूसरे की ओर देखा और वापस नारद की ओर देखा। चिंतित नारद नहीं जानते थे कि आगे क्या होगा? अचानक एक हाथ ऊपर उठा। वर्मन पूरे विश्वास के साथ अपना हाथ ऊपर करके खड़ा था। वर्मन को देखकर ग्रामीणों के बीच कानाफूसी होने लगी और एक-एक कर बहुत सारे हाथ ऊपर उठने लगे।

ग्रामीणों की सहमति देखकर सरमन और उनके समर्थक बैठक से चले गए।

नारद संतुष्ट थे, यह जानकर कि उनके ग्रामीणों ने उन्हें सरपंच पद के लिए योग्य माना। पृथ्वी लोक में सरपंच के उत्तरदायित्व को निभाने का अध्याय अब प्रारंभ होनेवाला था।

□

# 3

# सरपंच

नारद को आवंटित किए छह महीनों का प्रारंभ हो चुका था। नारद अभी भी लोगों की मानसिकता को समझने का प्रयास कर रहे थे। नारद जानना चाहते थे कि गाँव में लोग किस प्रकार की प्रगति और विकास की आशा कर रहे थे? स्पष्ट रूप से नारद जन सहयोग के मूल्य को बढ़ावा देना चाहते थे। जैसे लोगों ने अपनी माँगों को उपस्थित किया, देखा गया कि कृषि और सिंचाई मुद्दों की माँग सबसे अधिक थी। गाँव आर्यावर्त के पश्चिमी मोरचे पर स्थित था। अत्यधिक गरमी एवं रेगिस्तान के निकट होने के कारण, जल संसाधनों की कमी गाँव की प्रचलित समस्याओं में से एक थी। नारद लोगों को प्रसन्न करने और उन्हें अपने पक्ष में करने हेतु जानते थे कि इस समस्या को हल करना अत्यंत महत्त्वपूर्ण होगा। परंतु कैसे? यह नारद के समक्ष सबसे बड़ा प्रश्न था।

इसके साथ ही वे उपस्थित पारंपरिक व्यवस्था को और व्यवस्थित बनाना चाहते थे। परंतु कहीं-न-कहीं वे जानते थे कि यह परिवर्तन सूक्ष्म होना चाहिए, क्योंकि यदि यह स्पष्ट रूप से लोगों के समक्ष होगा तो उनके मन में निश्चित रूप से प्रश्न आएँगे और वे उसी संशय में उलझ जाएँगे।

एक शाम नारद अपने ससुरजी के साथ खेत के काम से घर आ रहे थे। उन्होंने देखा कि वर्मन कुछ ग्रामीणों के साथ घर के द्वार पर उनकी प्रतीक्षा कर रहा था। इस अनपेक्षित सभा को देखकर नारद थोड़े चिंतित हुए। अपने ससुरजी को घर के आँगन तक छोड़कर वे हड़बड़ी में सीधे ग्रामीणों के पास पहुँचे।

"क्या बात है, वर्मन ?" नारद ने ग्रामीणों की ओर देखकर पूछा।

"कोई समस्या जनक बात नहीं है," वर्मन ने कहा। इस वर्ष कौन-सी फसल का उत्पादन हो, ये आपसे उसकी अनुमति माँगने और उसका पंजीकरण कराने आए हैं।"

यह तथ्य नारद को कुछ भाया नहीं। इस विषय पर तो उसे विचार करना चाहिए, जिसका खेत हो, स्वयं के घर में भोजन बनाने के लिए गाँव के सरपंच को पूछने की क्या आवश्यकता ?

"प्रिय मित्र, क्या यह अनुमति लेना सदा से अनिवार्य था ?" उन्होंने वर्मन से प्रश्न किया।

"अवश्य था", वर्मन ने उत्तर दिया।

नारद अपने मित्र से पुनः प्रश्न न कर सके, क्योंकि ऐसा करने से ग्रामीणों को यह प्रतीत होता कि नारद निश्चित रूप से इस प्रक्रिया पर संदेह करते थे। शांति से अपना सिर नीचे कर नारद ने समूह को अनुमति दी और अपने घर की ओर निकल पड़े।

यह एक नई उलझन थी, जो नारद के मस्तिष्क में वास कर रही थी। वे नहीं समझ पा रहे थे कि भूमि के उत्पादन के लिए कृषकों का सरपंच की अनुमति लेना इतना महत्त्वपूर्ण क्यों था ?

अंतिम उपाय हेतु नारद ने अपने ससुरजी के प्रत्यक्ष मुद्दा छेड़ा, ताकि उनका अनुभव इस गाँठ को सुलझा सके।

"पितामह, खेती करने से पूर्व ग्रामीणों द्वारा सरपंच से ली जानेवाली अनुमति का क्या महत्त्व है ?" नारद ने कहा।

"हे पुत्र, कुछ वर्षों पूर्व ग्रामीण उन फसलों का उत्पादन कर रहे थे, जिनसे उन्हें अधिक-से-अधिक लाभ हो। परंतु ऐसा करने से भूमि पर हानिकारक प्रभाव पड़ने लगा एवं खेतों की उपजाऊ शक्ति दुर्बल होने लगी, जिससे कुछ अनाजों का अभाव भी उत्पन्न हुआ। इस कारण उनके लिए इस नीति का पालन करना अनिवार्य है," ससुरजी ने समझाते हुए कहा।

नारद अभी भी आश्वस्त नहीं थे। वे बोले, "परंतु क्या इससे ग्रामवासियों

को ऐसा ज्ञात नहीं होगा कि वे केवल एक बंधन से सीमित सरपंच के दास हैं?"

ससुरजी ने अपना ध्यान अपने जामाता के इस अनोखे परिप्रेक्ष्य पर केंद्रित किया। नारद ने आगे अपनी बात बढ़ाते हुए कहा, "हम ऐसा कर सकते हैं कि किसानों को एक निर्देश दिया जाए, जिसके अनुसार वे इस वर्ष एक उपज और दूसरे वर्ष दूसरी उपज की खेती कर सकते हैं। इससे उत्पादन तथा उपजाऊ शक्ति का संतुलन बना रहेगा एवं किसान इस अनुमति की विवशता से भी मुक्त होंगे।"

ऐसा समाधान सुनकर ससुरजी ने मन-ही-मन स्वयं को आलिंगन दिया, क्योंकि पूर्व जन्म में किए गए सारे पुण्य कर्मों का फल इस जन्म में नारद के दर्शन अपने जामाता के रूप में प्राप्त जो हुए थे। नारद का जनहित को प्राथमिक रखकर ऐसा निर्णय लेना पारदर्शिता को बढ़ावा देगा, इस बात का उन्हें विश्वास था।

"किंतु आप इस अवधारणा को किस प्रकार लागू करेंगे, देवर्षि?" ससुरजी ने जिज्ञासापूर्वक प्रश्न किया।

"प्रथमतः, किसान सरपंच के पास न आकर वह पंचायत कार्यालय जाएगा तथा वहाँ पंजीकरण करेगा। इस पंजीकरण में हम हर व्यक्ति की उपज का वार्षिक अधिवेशन रखेंगे। इस प्रकार हम उचित प्रलेख सुनिश्चित कर सकते हैं और हर व्यक्ति को ग्राम प्रशासन के प्रति निष्ठावान बना सकते हैं," नारद ने अपने सुझाव का स्पष्टीकरण करते हुए कहा। ससुरजी ने नारद के इस सरल सुधारवादी प्रस्ताव से अपनी स्वीकृति व्यक्त की।

नारद ने पंचायत के लेखपाल की सहायता से संपूर्ण प्रस्ताव को औपचारिक रूप से सज्ज बनाया। नारद ने एक बैठक का संदेश गाँवभर में पहुँचाया, जिससे वे इस संकल्प पर ग्रामवासियों का ध्यान केंद्रित कर सकें।

सात दिनों के पश्चात् यह बैठक निर्धारित की गई। गाँव के सभी लोगों ने बैठक में भाग लिया। अपने स्थान से उठकर नारद ने लोगों के समक्ष यह प्रस्ताव रखा। उन्होंने पूर्व पक्ष को भी आगे रखा। इसके साथ ही नारद ने यह

भी कहा कि अब से गाँव की प्रत्येक भूमि का उचित प्रलेखन होगा और प्रत्येक भूमि के लेन-देन को पंचायत के पास पंजीकृत कराना होगा। यह भूमि लेन-देन का एक उचित संचालन का निर्माण करेगा और प्रशासन में पारदर्शिता सुनिश्चित होगी। इसके विपरीत, किसी भी प्रकार की कुरीति के लिए कोई स्थान नहीं होगा।

नारद द्वारा रखे गए प्रस्ताव से ग्रामीण अत्यंत संतुष्ट थे, क्योंकि यह सरमन जैसे धूर्त जमींदारों द्वारा भूमि संबंधी उत्पन्न की गई समस्त समस्याओं को हल कर, उन्हें अभावग्रस्तों की भूमि ठगने से प्रतिबंधित करेगा एवं मूल भू-स्वामी को अपनी भूमि का पूर्ण अधिकार प्रदान करेगा।

## 2

सरपंच का कर्तव्य तो नारद पूर्ण निष्ठा से निभा ही रहे थे, परंतु इसके अतिरिक्त वे सावित्री के साथ अपनी गृहस्थी भी कुशलता से सँभालने का प्रयत्न कर रहे थे। अपने नए-नवेले वैवाहिक जीवन में नारद और सावित्री के मन में एक-दूसरे के प्रति भरपूर प्रेम था। दंपति को देख ऐसा प्रतीत होता था, जैसे वे वास्तव में एक-दूसरे के लिए ही बने हैं। नारद अपनी पत्नी की सहायता करने का कोई अवसर नहीं छोड़ते। घरेलू कामकाज में भी नारद बढ़-चढ़कर भाग लिया करते।

एक दिन नारद को किसी काम के लिए पड़ोस के गाँव की यात्रा पर जाना पड़ा और वर्मन के साथ वे रवाना हुए। नारद की इस यात्रा का उद्देश्य मूलतः जल साधनों की दुर्लभता के लिए कोई समाधान ढूँढ़ना था, क्योंकि इस विषय ने उन्हें कई दिनों से चिंतित कर रखा था। नारद को यह ज्ञात हो गया था कि पृथ्वी लोक में समुदाय की भावना बनाए रखना कितना आवश्यक है। इसलिए वे गाँवों के बीच एकता का सामंजस्य बैठाने का प्रयत्न कर रहे थे और चाहते थे कि जल के अभाव को मिटाने के लिए कोई ऐसा मार्ग निकाला जाए, जिससे आस-पड़ोस के सभी गाँवों के वासी भी इसका लाभ उठा सकें।

यात्रा के समय, नारद पैर पर पैर धरे पिछले सिरे पर विराजमान थे तथा वर्मन बैलगाड़ी का चालक था।

"हमारे गाँव और पड़ोसी गाँव में तनाव भावना क्यों है?" नारद ने वर्मन से पूछा।

"हे मित्र, तनाव का कारण कुछ और नहीं बल्कि जल ही है। नदी की एक महीन धारा है, जो दोनों गाँवों से होकर बहती है, इस बात पर सदा विवाद होता है कि किस गाँव को अधिक जल धारा प्राप्त होगी? यह तुलना विवाद का मूल बिंदु है," वर्मन ने उत्तर दिया।

"यह विषय किस काल से आपत्ति बना हुआ है?" नारद ने आगे पूछा।

"इसकी जड़ पच्चीस वर्ष पहले के घनघोर सूखे में उत्पन्न हुई थी। पड़ोसी गाँव ने पानी के प्रवाह को अवरुद्ध कर दिया था और पानी को अपनी ओर खींच लिया था। बाद में ज्ञात हुआ कि वे सरमन और उसके चालाक पिता ही थे, जिन्होंने हमारे साथ ऐसा छल किया। सूखे को दृष्टिगत रख वे निर्धनों की भूमि पर अधिकार जमाना चाहते थे, इसलिए उन्होंने पड़ोसी गाँव से हाथ मिलाया और पानी के प्रवाह को अवरुद्ध करने में उनकी सहायता की," वर्मन ने अपनी घृणा व्यक्त करते हुए उत्तर दिया।

नारद को इस बात से आश्चर्य हुआ कि कोई इतना लोभी एवं स्वार्थी कैसे हो सकता है जिसे अपने ही गाँव तथा गाँववालों की किंचित भी चिंता न हो!

"परंतु किसी ने इस वृत्तांत पर प्रश्न क्यों नहीं उठाया?" नारद ने विस्मित रूप से पूछा।

वर्मन के मुख पर एक विचित्र मुसकराहट फूटी— "क्या आप किसी ऐसे व्यक्ति पर प्रश्न उठाएँगे, जिसने सूखे ग्रस्त ग्रामीणों को अन्न, धान्य तथा पानी प्रदान कर उनकी पूरी सहायता की हो? यद्यपि यह हमें उनका ऋण भोगने पर विवश कर हम सभी को दास बनाने की एक प्रक्रिया थी, परंतु उस क्षण तृष्णा और क्षुधा मिटाना अधिक महत्त्वपूर्ण था।"

नारद निराश हो गए। उनके शब्द अबोल से पड़ने लगे। अपनी आँखें बंद कर वे स्वयं से कहने लगे, 'नारायण, नारायण! हे भगवान्, आपने सत्य

कहा था कि वास्तव में, पाप नहीं, बल्कि लोभ की भावना है, जो मानवता का वध करती है।'

दोनों बैलगाड़ी पर सवार पड़ोसी गाँव तक पहुँचे। गाँव की सीमा भेदने के पश्चात् दोनों ने देखा कि गाँव का वातावरण आनंदमय था। इसे देख वर्मन को ज्ञात हुआ कि ग्राम में आषाढ़ पूर्णिमा का मेला सजा था। गाँव के हर घर को दुल्हन स्वरूप सजाया गया था। रंग-बिरंगे पुष्पों की माला तथा चंदन की मधुर सुगंध सबका ध्यान आकर्षित कर रही थी। गाँव के इस मधुर वातावरण में विलीन दोनों सरपंच के द्वार पर जा पहुँचे। बैलगाड़ी से उतरकर नारद ने द्वार खटखटाया, जिसके खुलने पर सरपंच के पुत्र ने नारद तथा वर्मन का स्वागत किया। अपने परिचय के पश्चात् नारद को यह पता चला कि उनकी ख्याति पहले ही सरपंच तक पहुँच चुकी थी और इस बात का श्रेय वे मन-ही-मन सरमन को दे चुके थे। नारद को यह भी ज्ञात था कि सरपंच उनके प्रस्ताव को अनुमति नहीं देंगे तथा इससे विवाद और बढ़ जाएगा। नारद ने अपनी भावनाओं को नियंत्रित करते हुए सरपंच से कहा कि उनके यहाँ आने का उद्देश्य केवल उनसे मिलना एवं मेला देखना था।

वर्मन स्तब्ध रह गया, जब उसके मित्र नारद ने प्रमुख विषय सरपंच के सम्मुख प्रस्तुत नहीं किया। परंतु वह यह भी जानता था कि नारद ने कुछ विचार करने के पश्चात् ही ऐसा कहना उचित समझा होगा।

सरपंच के घर से अनुमति लेकर नारद और वर्मन मेले की सैर पर निकल पड़े।

तब वर्मन ने अपने मित्र से पूछा, "हे नारद, आप जिस उद्देश्य से आए थे, वह तो आपने उनके समक्ष रखा ही नहीं! ऐसा क्यों?"

इस पर नारद ने उत्तर दिया, "मित्र वर्मन, जैसा कि हमें यह ज्ञात हुआ कि सरमन द्वारा हमारी ख्याति हमसे पहले ही सरपंचजी तक पहुँच गई, यह अपेक्षित था कि वे हमारे प्रस्ताव को अस्वीकार करते। हमें अगली बार बहुत ही सावधानी से सरपंच के समक्ष हमारा सुझाव रखना होगा। आज हमारे द्वारा इस विषय को टालना गाँव के लिए हितकर प्रमाणित होगा।"

जब नारद वर्मन को समझा रहे थे, तभी उनकी दृष्टि लाल रंग की

चमकीली चूड़ियों पर पड़ी, जो मेले की एक दुकान में रखी हुई थीं। नारद दुकान के पायदान तक चले जा रहे थे और वे उन चूड़ियों को देखकर कल्पना कर सकते थे कि उनकी प्रिय सावित्री उन चूड़ियों को धारण कर कैसी लगेगी! उन्होंने एक दर्जन चूड़ियाँ खरीदीं और उन्हें अपने हृदय के निकट रखा।

घर लौटने में विलंब हो चुका था। कक्ष में प्रवेश कर उन्होंने पलंग पर लेटी अपनी गृहणी का प्रतिबिंब देखा। वे धीरे से उसके पास गए और फर्श पर अपने घुटनों के बल बैठ गए। बिस्तर के ऊपरवाली खिड़की से आती हुई चंद्रमा की रोशनी उसके शिथिल मुख पर गिरकर उसकी चारुता को और बढ़ा रही थी। उन्होंने अपने जेब से चूड़ियाँ निकाली और हाथों में उसकी कोमल कलाई पकड़कर स्नेहपूर्वक सावित्री को चूड़ियाँ पहनाने का प्रयत्न करने लगे।

सावित्री अपनी आँखें मूँदकर ऐसे जगी थी, मानो अपने पति परमेश्वर की प्रतीक्षा कर रही हो! नारद को जूझते देख वह हँस पड़ी।

"क्यों सरपंचजी, चूड़ियाँ पहनाने में यह कैसी अड़चन?" उसने धीमे स्वर में चिढ़ाते हुए कहा।

नारद भी हास्य में फूट पड़े। कुछ ऐसी थी दोनों की प्रेम की परिभाषा!

इस अधिनियम के माध्यम से नारद ने प्रदर्शित किया कि यद्यपि उनके ग्राम संबंधित कार्यों में बाधाएँ थीं, उन्होंने अपने व्यक्तिगत जीवन पर इसका प्रभाव नहीं पड़ने दिया। इससे पता चला कि नारद अपनी गृहस्थी के साथ-साथ अपने काम का भी कुशलता से प्रबंधन कर सकते थे।

## 3

आवंटित किए गए छह महीनों में से तीन महीने की कालावधि लगभग पूर्ण हो चुकी थी। अब तक नारद ने ग्रामीणों का नेतृत्व करने में अत्यंत सराहनीय कार्य किया था। नारद ने विभिन्न मानदंडों और विचारों को प्रस्तुत किया तथा कार्यविधि के क्षेत्र को विकास के मार्ग दरशाए।

एक संध्या जब नारद विलंब से घर आए, उन्होंने सावित्री को सोते देखा। उन्होंने उसे न उठाना उचित समझा, क्योंकि वह नित्य दिन के कामकाज से

परिश्रांत होकर सो रही थी। नारद अपने स्वामी नारायण की दैनिक प्रार्थना करने के लिए कक्ष में मंदिर तक गए। जैसे ही नारद ने सावित्री के पैरों को पार किया, चलते हुए उन्हें चादर के किनारों पर रक्त के धब्बे दिखाई दिए। उलझन में नारद सावित्री के पास गए और देखा कि उसकी एड़ी से रक्त रिस रहा था। यह दृश्य देखकर नारद का हृदय आकुलता से भारी हो गया। उनकी आँखें अश्रुओं से भर आईं। रक्त को पोंछने हेतु उन्होंने काँपते हाथों से अपने सफेद सदरे का बड़ा सा भाग चीरकर उसे सावित्री के पैरों के चारों ओर लपेट दिया। निद्रा अवस्था में भी सावित्री के पैरों में हलचल देखकर नारद समझ गए थे कि उनकी पत्नी को कष्ट हो रहा था।

यह कैसी विचित्र भावना थी, जो उन्हें इस प्रकार जकड़ रही थी? यह कैसी वेदना, जो उनके देह पर न रहकर भी उन्हें पीड़ा का भास करा रही थी? उस क्षण नारद को अपनी उत्तेजना का कोई बोध नहीं था। कदाचित् प्रेम ही वह भावना थी, जो उनकी प्रियतम वधू की चोट की व्यथा नारद को करा रही थी। उन्होंने अपने अश्रु पोंछे और सावित्री के निकट लेटकर उसके केश सहलाने लगे।

उस रात नारद को एक क्षण भी निद्रा नहीं आई। वे रात्रभर केवल इस विचार में थे कि उनकी प्रिय पत्नी के इस व्रण का क्या कारण हो सकता है? वे बारंबार उठते तथा सावित्री के पैरों पर औषधि मिश्रण लगाते, ताकि घाव की वेदना को नष्ट किया जा सके। सरपंच होने का क्या उपयोग, यदि वे एक उत्तरदायी वर और गृहस्थ पुरुष न बन पाएँ? जो अपने परिवार की देखभाल नहीं कर सकता, वह समस्त गाँव की देखभाल कैसे कर सकता है? इस उलझन में ही रात ढल गई। प्रातः होते ही नारद घरेलू कामकाज में जुट गए। सावित्री के उठने से पूर्व ही नारद ने घर के अधिकतर काम निबटा दिए थे।

जब सावित्री उठी, तब उसने देखा कि स्वामी भगवान् का ध्यान कर रहे थे। सावित्री यह देखकर स्तब्ध रह गई कि घर पूर्णतः स्वच्छ लग रहा था। उसने अपने कक्ष में पुनः प्रवेश किया और नारद की प्रतीक्षा की, जो अभी भी ध्यान में लीन थे। सावित्री अत्यधिक अपराध-बोध की भावना में बह रही थी। बैठे-बैठे उसने अपनी एड़ी को देखा, तब उसे ज्ञात हुआ कि उसके पैर

में किसी प्रकार का मिश्रण लगाया गया था और व्रण को वस्त्र से लपेटा गया था। यह देखकर सावित्री की आँखों में अश्रु भर आए। अपनी प्रार्थना पूरी होने के बाद नारद उठे और पीछे मुड़कर देखा तो बिस्तर पर बैठी अपनी प्रेयसी को पाया।

"प्रिये, तुम्हारी पीड़ा अब कैसी है?" उन्होंने सावित्री को धीमे स्वर में पूछा।

सावित्री की भरी आँखें उनकी ओर देखने लगीं— "आपको घर के काम करने का आदेश किसने दिया? मैं स्वयं सब कर लेती।"

"क्या तुम्हें अपने पदों की दशा का भास है? इनमें से अभी भी रक्त रिस रहा है।" नारद अपनी भोली पत्नी को देखकर मुसकराए।

"व्रण की वेदना मैं सहन कर सकती हूँ, परंतु यह अपराध-बोध की भावना, जिसमें आपने मुझे डाल दिया है, यह मुझे सहिष्णु नहीं।" सावित्री के स्वर आँखों में भरे अश्रु के कारण काँपने लगे।

नारद ने अपने घुटनों पर बैठकर अपनी पत्नी के हाथों को स्नेहपूर्वक अपने हाथों में लेकर उसकी ओर देखते हुए कहा, "क्या यह मेरा उत्तरदायित्व नहीं कि जब तुम अस्वस्थ हो, तब मैं तुम्हारी देखरेख करूँ? मैंने केवल अपना वचन निभाया है, इसलिए तुम स्वयं को बिल्कुल भी दोषी मत समझना।" नारद ने सावित्री के अश्रु कोमलता से पोंछे। "अब तुम कृपया मुझे इसका कारण बताओ?"

सावित्री ने नारद के हाथों को पकड़कर कहा, "अभाव के कारण हमें जल लाने के लिए नदी के दूसरे छोर तक तीन मील अधिक चलना पड़ता है। बस, वहीं रास्ते में कंकड़ पैरों में धँस जाते हैं।"

नारद अपने दुःख को नियंत्रित करने का घोर प्रयास कर रहे थे, क्योंकि वे अपनी पत्नी को अपने दुःख का बोध नहीं कराना चाहते थे। कंठ में उदासी की चुभन लिये, वे धीरे से यह कहते हुए उठे, "मुझे देखने दो कि मैं क्या कर सकता हूँ?" और खेत के लिए निकल गए।

खेत में काम करते समय वे इस तथ्य पर मनन कर रहे थे कि अपनी प्रिय पत्नी के साथ-साथ गाँव की अन्य महिलाओं की सहायता कैसे कर सकते

थे? जब वे इस विचार में व्यस्त थे, तब उन्होंने देखा कि सावित्री दूर से उनके पास चली आ रही थी। उनका प्रेम इतना अपार था की नारद सावित्री को दूर से देखकर भी पहचान सकते थे। वे यह भी देख सकते थे कि उसे कष्ट हो रहा था, जिस कारण वह लँगड़ा रही थी। परंतु उदारता भरी मुसकान लिये वह जैसे-तैसे अपने पति के पास आ पहुँची।

"प्रिये, तुम इतनी दूर इस भरी दोपहर में मेरे पास क्यों आई हो?" नारद ने अपनी बाजू से मुख का पसीना पोंछते हुए पूछा।

सावित्री ने अपने सिर पर रखी झोली को नीचे रखते हुए कहा, "मैं आपके लिए दोपहर का जलपान लाई हूँ।"

नारद के नियंत्रण का बाँध सावित्री का उनकी ओर प्रेम देखकर अब टूट गया था। आपस में जो दो कदमों की दूरी थी, वो उन्होंने एक ही कदम में पूरी करके अपनी पत्नी को हृदय से लगा लिया। "ओ प्रिये, तुम इतनी निस्स्वार्थ क्यों हो? इसकी कोई आवश्यकता नहीं थी। तुम घर पर रहकर विश्राम कर सकती थी। क्यों स्वयं को इस तपते ग्रीष्म में कष्ट पहुँचाती हो?"

"तपता ग्रीष्म तो आपको भी लगता होगा, स्वामी," सावित्री ने अपनी साड़ी के पल्लू से नारद के माथे से झरते पसीने को पोंछते हुए कहा।

उस दिन नारद और सावित्री दोनों ने एक साथ भोजन किया। उस क्षण उन्हें एक भिन्न प्रकार की संतुष्टि का आभास हुआ। पृथ्वी की ऋतुएँ बैकुंठ से कई गुना अधिक कठोर थीं, परंतु एक छोटी सी बात, जैसे अपनी प्रिय वधू द्वारा बनाया भोजन उसके साथ ग्रहण करना तथा उसके मुख पर भी ऐसी ही संतुष्टि को देखना, विचित्र रूप से नारद के हृदय को शीतलता पहुँचा रहा था। एकांत मन से नारद ने एक आवश्यक बैठक बुलाने का निर्णय लिया, जिसमें वे सड़क निर्माण के प्रस्ताव को पंचायत के समक्ष रखेंगे।

उसी संध्या नारद ने लेखपाल की सहायता से प्रस्ताव प्रलेख तैयार कर, अगले ही दिन बैठक में उसे प्रस्तुत किया। प्रत्येक व्यक्ति चाहता था कि उनकी पत्नी तथा समस्त परिवार का स्वास्थ्य बना रहे, और किसी को कोई पीड़ा न हो। जब तक जल का संसाधन निकट नहीं हो जाता, तब तक एक सरल मार्ग का निर्माण ही पर्याप्त होगा, इस दृष्टिकोण से प्रस्ताव को अनुमति दे दी गई।

सड़क का निर्माण कार्य तथा नारद को आवंटित समय एक साथ समाप्त हुआ। जैसा कि निर्णय लिया गया था, नारद ने ग्रामीणों की एक बैठक बुलाई और इन छह महीनों में उनके द्वारा किए गए कार्यों का पूरा लेखा-जोखा प्रस्तुत किया। नारद अब ग्रामीणों के हृदयों में एक विशेष स्थान ग्रहण कर चुके थे। लोग उन्हें जननेता के रूप में देखते थे, जो हमेशा जनहित का ही विचार करते थे। वे नारद को अपने भावी सरपंच के रूप में स्वीकार करने के लिए सज्ज थे, परंतु अभी भी एक समूह नारद के विरोध में उपस्थित था। इसलिए, अपने वचन अनुसार, चुनाव के लिए नारद तत्पर थे। कोई भी व्यक्ति, जो उनसे तथा उनके कार्य से सम्मत नहीं था, वह अपना हाथ ऊपर करके आगे आ सकता था। जब पूरी बैठक मौन थी, तब एकाएक सरमन ने हाथ उठाया। गाँव के सभी हाथों में से इस हाथ का उठना नारद को अपेक्षित था। उन्होंने सरमन को आगे आने के लिए कहा।

"जैसा कि निश्चित हुआ था, आज से बीस दिनों के बाद गाँव में सरपंच पद के लिए चुनाव होगा और परिणाम पच्चीसवें दिन घोषित किया जाएगा, "नारद ने पंचायत में उपस्थित गाँववासियों को कहा।

हर कोई तनाव में था, परंतु नारद को इस बार किसी प्रकार का संशय नहीं था। आगे क्या करने की आवश्यकता है, वे भली-भाँति जानते थे। देवर्षि तो केवल उचित समय की प्रतीक्षा कर रहे थे।

□

# 4

# विकास

कुछ दिन बीत गए। सरमन द्वारा चुनाव की संपूर्ण सज्जता अपने चरम पर थी। उन्होंने लोगों का ध्यान अपनी ओर केंद्रित करने हेतु घनघोर प्रयास किया। इससे अप्रभावित नारद शांत रहे।

वर्मन, जो नारद हेतु चिंतित था, उनके पास गया और पूछा, "हे नारद, क्या आपको ज्ञात नहीं कि सरमन अपने कृत्रिम वचनों से ग्रामीणों को प्रभावित करने का प्रयास कर रहा है? हमें इस विषय में कुछ करना होगा, आप हाथ पर हाथ धरे नहीं बैठ सकते।"

"हे मित्र, स्वार्थ का प्रतिरोध स्वार्थ से नहीं कर सकते। ऐसी विचारधारा की भावना ही तुच्छ है, क्योंकि उसके मिथ्या वचन हमारे अच्छे कर्मों के समक्ष खड़े नहीं रह पाएँगे", नारद ने शांतिपूर्वक उत्तर दिया।

"तो आपकी योजना क्या है? आप उसे कैसे पराजित करेंगे?" वर्मन ने पूछा।

नारद ने शांत स्वर में कहा, "प्रकृतेः क्रियमाणानि गुणैः कर्माणि सर्वशः। अहङ्कारविमूढात्मा कर्ताहमिति मन्यते॥"

वर्मन की भौएँ कुछ आकुंचित हुई। नारद समझ गए कि वह इस श्लोक का अर्थ नहीं समझ पाया था।

"अर्थात्, मित्र वर्मन, संपूर्ण कर्म प्राकृतिक गुणों द्वारा किए जाते हैं; परंतु अहंकार से मोहित अंतःकरण वाला अज्ञानी मनुष्य 'मैं कर्ता हूँ' ऐसा मान बैठता है।" नारद जानते थे कि उन्हें केवल अपने सहज

कर्मों पर ध्यान केंद्रित कर गाँव में समग्र परिवर्तन लाने का भरपूर प्रयास करना था।

एक तरफ सरमन गाँव के विकास के झूठे वचनों का दावा करने में व्यस्त था, वहीं दूसरी तरफ गाँव में उन बदलावों की परियोजना को लाने के लिए नारद ने अधिकतम प्रयास जारी रखा।

अमावस्या की एक घनी रात थी। चारों ओर केवल अंधकार छाया था। जहाँ सारा गाँव निद्रा की चादर ओढ़े सो रहा था, वहाँ नारद अकेले घर की छत पर विचलित मन लिये टहल रहे थे। किसी अवर्णनीय कारण से वे व्याकुल थे, जैसे कुछ अनुचित होनेवाला हो। ठीक उसी समय, गाँव के मंदिर में अकस्मात् हलचल सी हुई। चार पुरुषों का एक समूह मंदिर के परिसर में घुस गया और मंदिर के दानपात्रों की खोज करने लगा।

चलते–चलते जब नारद ने अपनी दृष्टि को गाँव की ओर फेरा, तब उनका ध्यान मंदिर के उज्ज्वल प्रांत पर गया। वे मंदिर के भीतर कुछ असामान्य हरकत होते देख सकते थे। नारद चकित रह गए। वे तुरंत वर्मन के घर की ओर दौड़ पड़े, जो नारद के घर के समीप था। उन्होंने तीव्रता से द्वार खटखटाया, जिसका उत्तर एक नींद में घुले वर्मन ने दिया। नारद ने वर्मन के कंधे पकड़कर उसे हिलाते हुए कहा, "मंदिर में डकैती हो रही है! उठो वर्मन!"

वर्मन के कानों में यह शब्द पड़ते ही वह झटके से अपनी चेतना में वापस आ गया।

"जाओ! सर्वजनों को एकत्रित करो! हमें उन्हें विफल करना है, "नारद ने आदेश दिया और मंदिर की ओर दौड़ पड़े।

वर्मन ने अंदर जाकर लकड़ी की एक छड़ी ले ली, जिसे पकड़कर वह गाँव के घरों की ओर चला गया।

नारद ने अपनी आँखें मंदिर की खिड़की के छोटे से झरोखे पर रखीं। वे लुटेरों को मंदिर के दानपात्र को तोड़ते तथा उसमें से मुद्राएँ निकालते हुए देख रहे थे। नारद क्रोधित थे।

यह दृश्य देख नारद के मुख से केवल दो ही शब्द निकले, "नारायण, नारायण!"

नारायण ने जब अपनी ज्ञान वाणी से नारद को यह बताया था कि मनुष्य सदैव स्वार्थ के मायाजाल में उलझता रहेगा, इस वाक्य का बोध अब नारद को होने लगा था।

धीरे-धीरे सारे ग्रामीण मंदिर परिसर के आसपास इकट्ठा होने लगे।

नारद ने चारों ओर देखा और चिल्लाए, "हे पापियो! तुम्हारे कुकर्म पकड़े गए हैं! धन छोड़कर बाहर चले आओ!"

लुटेरे इस आदेश को सुनकर भयभीत हो गए थे। उन्हें ज्ञात हो गया था कि उन्होंने बहुत बड़ी भूल कर दी है। वे तुरंत ठहर गए और स्तब्ध होकर भूमि पर बैठ गए।

"बाहर आओ और हम इसके कारण के विषय में चर्चा करेंगे। हममें से कोई तुम्हें किसी भी प्रकार की हानि नहीं पहुँचाएगा, मैं तुम्हें यह आश्वासन देता हूँ," नारद ने कहा।

नारद की बातें सुनकर और मंदिर का दृश्य देख ग्रामीण रुष्ट थे। वे लुटेरों को उनके कर्मों का फल चखाने के के लिए सज्ज थे। लुटेरे लाचार होकर बाहर आए और हाथ जोड़कर रोने लगे। सारे लोग पापियों को कोसने लगे। नारद ने ग्रामीणों को ऐसा न करने की विनती की। वे उन चारों के पास गए एवं उन्हें अपने चेहरे पर ढँके हुए गमछों से छुटकारा पाने के लिए कहा। उन सभी ने एक-एक कर अपने गमछे उतार दिए तथा अपने रूप से गाँववालों को परिचित कर दिया। नारद यह देखकर चौंक गए कि वे कोई और नहीं, बल्कि सरमन के अनुयायी थे। चारों पूर्णतः प्रमत्त थे। नारद ने वर्मन और दो अन्य युवकों को उन उद्दंडों को बाँधकर मंदिर में रखने के लिए कहा। नारद ने भी इन लुटेरों पर अभियोग रूपी बैठक का अगले दिन आयोजन किया।

प्रातः जब यह समाचार सरमन तक पहुँचा, तब वह क्रोध में लाल-पीला हो उठा, क्योंकि इस डकैती में उसका कोई योगदान नहीं था। परंतु अपने अनुयायियों के मूर्खतापूर्ण व्यवहार का भुगतान उसे ही करना होगा, यह भी वह जानता था। सरमन गाँव की बैठक से एक घंटे पहले नारद से भेंट करने को जा पहुँचा।

"हे सरपंच नारद, मैं आपको बताना चाहूँगा कि मैं इस अनैतिक कार्य में भागीदार नहीं था और इसका मुझसे किसी भी प्रकार का कोई संबंध नहीं है," वह हाथ जोड़कर कहने लगा।

"आपके दावे का प्रमाण क्या है, सरमन ?" नारद ने मुसकराते हुए कहा।

सरमन चुप हो गया। उसके पास कहने को कुछ नहीं था।

"और यदि तुम स्वयं को निर्दोष सिद्ध कर भी देते हो, तो क्या तुम्हें लगता है कि वास्तव में ग्रामीण इसे स्वीकार करेंगे ? कल रात जो हुआ, वह गंभीर रूप से अनुचित था तथा उसे दंडित किया जाना चाहिए।"

"परंतु नारद, इस बात से स्वयं के संरक्षण के लिए मैं क्या कर सकता हूँ ? क्योंकि मैं इस पाप का किसी रूप से भागीदार नहीं हूँ," सरमन ने निवेदन किया।

नारद ने सरमन की ओर देखा और कहा, "तुम इस क्षण, जो एकमात्र चतुर कार्य कर सकते हो, वह यह है कि आगामी चुनावों से अपना नाम वापस ले लो। मैं यह स्वार्थ की भावना से नहीं, बल्कि तुम्हारे सम्मान को बचाने का प्रयत्न करने हेतु कह रहा हूँ। ऐसा करके तुम स्वयं को निर्दोष सिद्ध कर पाओगे तथा अपने समर्थकों के हृदय में भी सम्मान अनुरक्षित कर सकोगे।" यह सुनने के पश्चात् सरमन के पास नारद से सहमत होने के अतिरिक्त कोई विकल्प न था।

जैसा कि बैठक में निर्णय लिया गया था, लुटेरों को उनके कर्मों के लिए दो वर्षों के कठोर कारावास का उपभोक्ता घोषित किया गया क्योंकि उन्होंने केवल प्रमत्त अवस्था में मंदिर को लूटने का निर्णय लिया था। सरमन ने सरपंच बनने पर अपना दावा वापस ले लिया और नारद को फिर से गाँव का सरपंच घोषित कर दिया गया। इस बार जनता को ज्ञात था कि नारद न केवल उनके नेता थे, पर उससे भी अधिक वे उनके रक्षक भी थे। उस रात यदि वे नहीं होते तो डकैती भी हो जाती और डकैत पकड़े भी न जाते! जहाँ सब इस वृत्तांत का श्रेय नारद को दे रहे थे, वहाँ नारद जानते थे कि यह सब अंततः उनके भगवान् के कारण ही संभव हुआ था। अपने हाथों को कृतज्ञता से ऊपर उठाकर वे केवल दो ही शब्द कह सकते थे, "नारायण, नारायण!"

## 2

यह वर्ष नारद के लिए किसी स्वप्न से कम न था। सरपंच पद को बनाए रखने के पश्चात्, अपने कर्तव्यों के प्रति समर्पित होकर नारद अपना प्रभार सँभाल रहे थे। वे कई अवसरों पर इंदु को गीता पढ़ने में सहायता करते तथा वेदों का ज्ञान भी प्रदान करते। नारद एक पति और जामाता के रूप में अभूतपूर्व समर्पित रहे। जब भी वे अपने ससुरजी को कोई श्रमपूर्ण कार्य करते देखते, वे तुरंत उन्हें अपनी मीठी-मीठी बातों में उलझाकर स्वयं वह कार्य करने लगते। विवाह के इतने समय पश्चात् भी ससुरजी ऐसे क्षणों में स्वयं को उतना ही भाग्यशाली मानते, जितना प्रथम दिवस नारद के दर्शन होने पर माना था।

जहाँ नारद ने पृथ्वी लोक की यात्रा का प्रारंभ नारायण के संग किया था, अब वही यात्रा उन्होंने नारायण की देन सावित्री संग जारी रखी। दंपती गाँव में हर मेले के आमोद-प्रमोद में भाग लेते और मंदिरों में साथ जाकर पूजा-अर्चना करते। नारद सम्पूर्ण रूप से एक आदर्श गृहस्थ के आकार में ढल रहे थे।

इसी प्रकार सावित्री भी एक निष्ठावान गृहिणी बन गई थी। वह नारद की रुचि-अरुचि से अवगत थी। उसने अपने पति परमेश्वर को सुखी रखने के लिए वह सबकुछ किया, चाहे वह उनका मनपसंद भोग बनाना हो या उनकी इष्ट साड़ी पहनना हो।

एक दिन सावित्री नारद को सवेरे की चाय देने के लिए आई। इससे पहले कि नारद प्याला अपने हाथ में लेते, सावित्री अपने मुख पर हाथ रख के आँगन की ओर दौड़ पड़ी।

"सावित्री!" नारद ने चिंतित स्वर में कहा। अपने श्वेत वस्त्र पर गिरी चाय पर ध्यान न देते हुए वे सावित्री के पास गए। आँगन में देखा तो सावित्री वृक्ष के आस-पास के क्षेत्र को मिट्टी से ढँक रही थी।

"क्या हुआ, प्रिये?" नारद ने सावित्री की पीठ पर हाथ रखकर कहा।

सावित्री मुड़ी तो उसके मुख पर अब एक शालीन सी मुसकराहट सजी हुई थी।

"कहो सावित्री, वैद्यजी को बुलाऊँ? नहीं, हम ही चलते हैं उनके घर। रात को तो हमने एक समान भोजन किया था, फिर तुम्हारे स्वास्थ्य को क्या हो गया?"

"शांत हो जाइए, स्वामी, "सावित्री ने नारद से धीमे स्वर में कहा। उसने उनका हाथ अपने पेट पर रखते हुए कहा, "वैद्यजी को अवश्य आमंत्रित करिए, ताकि वे यह सुनिश्चित कर सकें कि हमें एक नवीन सदस्य के लिए सज्ज होना है कि नहीं?"

नारद की आँखें हर्ष से छलक उठीं। उनका हृदय फूले नहीं समा रहा था। "नारायण, नारायण!" उन्होंने झट से अपनी प्रिय पत्नी को आलिंगन दिया और गोद में उठाकर घूमने लगे। दोनों के इस पवित्र स्नेह को शीघ्र ही आयुष्य का सबसे सुंदर उपहार प्राप्त होनेवाला था। नारद और सावित्री के जीवन में अब एक नन्हा सा बालक जन्म लेनेवाला था। घर के सभी कोनों में आनंद खेल रहा था। नारद को लगा, जैसे भगवान् नारायण से की गई उनकी प्रार्थनाओं का फल प्राप्त हुआ हो! आज तक नारद केवल एक समर्पित भक्त थे, परंतु अब वे एक समर्पित गृहस्थ भी थे।

परिवार के साथ नारद खेती का कार्य भी देखते थे। उन्होंने भूमि को उपजाऊ बनाने के लिए रात्री-दिवस परिश्रम किया। सूखा प्रवण क्षेत्र के निकट होने के कारण भूमि को विशेष देखभाल और पोषण की आवश्यकता होती थी। नारद खेत की जमीन के प्रति इतने समर्पित थे कि उन्होंने स्वयं ही जुताई और बीजों का निर्देशन किया। वे घर से शीघ्र निकल जाते तथा पूरे दिन खेत में व्यतीत करने के पश्चात् विलंब से घर आते। नारद की कृषिकर्म के प्रति यह प्रीति अद्वितीय थी।

एक दिन मंडी में जाते समय नारद और वर्मन दोनों ने मध्य राह में दो कुटुंबों में विवाद होते देखा। नारद ने वर्मन को बैलगाड़ी रोकने का आदेश दिया। गाड़ी से उतरकर नारद ने विवाद स्थल तक जाने हेतु कदम उठाए। विवाद के आसपास लोगों का जमावड़ा था। जब नारद इस भीड़ के निकट

पहुँचे, तब उन्होंने वहीं खड़े एक व्यक्ति से पूछा, "हे सज्जन, इस कलह का कारण क्या है?"

सरपंचजी को देखकर आदमी चकित रह गया। वह नारद की ओर मुड़ा और कहने लगा, "हे सरपंचजी, ये दो भाइयों मनसुख और तनसुख के परिवार हैं, जो नए नियम के अनुसार भूमि की उपज की उलझन पर लड़ रहे हैं।"

आश्चर्यचकित नारद दोनों भ्राताओं तक जा पहुँचे तथा उनकी हाथापाई रोकने का प्रयत्न करने लगे। दोनों को अलग कर वे उनके सामने खड़े हो गए। दोनों भाइयों ने एक-दूसरे को खूब पीटा था। एक की नाक से और दूसरे के होंठ से रक्त की धारा बह रही थी।

असंतुष्ट नारद ने दोनों को देखा और पूछा, "दोनों में बड़ा कौन है?"

टूटी नाक के साथ बाईं ओर खड़ा भाई आगे आया और कहा, "मनसूख। मैं बड़ा हूँ, आदरणीय सरपंचजी।"

नारद ने उसकी ओर देखा और पूछा, "तुम दोनों क्यों लड़ रहे हो?"

ज्येष्ठ भ्राता ने हाथ जोड़कर रोते हुए कहा, "हे सरपंचजी, हमारे पिता ने हमारे बीच की भूमि का वितरण करते हुए हमें एक-दूसरे के निकट ही भूमि दी थी। परंतु जब हाल ही में मैंने पंचायत कार्यालय का दौरा किया तो देखा कि मेरी भूमि तनसुख के नाम से पंजीकृत थी और उसने मेरे नाम से भी अपनी भूमि की पैदावार दर्ज कर रखी थी।"

नारद ने छोटे भाई को देखा और पूछा, "क्या तुम्हारा अग्रज भाई सत्य कह रहा है?"

छोटे ने आदरपूर्वक नारद का सम्मान किया और कहा, "हे सरपंचजी, यह सत्य है कि मैं उनसे पहले पंचायत कार्यालय गया था, परंतु मैं अपना नाम उनकी भूमि पर और अपनी उपज उनके खेत पर क्यों दर्ज कराऊँगा? इससे मुझे क्या लाभ प्राप्त होगा?"

"क्योंकि तुम लोभी हो!" बड़े ने ऊँचे स्वर में कहा।

नारद ने शांतिपूर्वक अपना हाथ दिखाकर बड़े भ्राता को बीच में बात काटने से रोका।

"क्या आपने लेखपाल के माध्यम से इसकी जाँच की?" नारद ने दोनों भाइयों से पूछताछ की।

दोनों भाइयों ने अपना सिर हिलाकर नकार दिया।

नारद ने वर्मन को लेखपाल के पास जाकर शीघ्र वहाँ आने का आदेश दिया। वर्मन लेखपाल के घर की ओर निकल पड़ा और नारद ने वहीं रहकर स्थिति को शांत किया।

लेखपाल के आने के पश्चात् भाइयों के विवाद को सुलझाने के लिए लेखपाल को प्रलेखों के माध्यम से निरीक्षण करने का अनुरोध किया। जब लेखपाल प्रलेखों को पढ़ रहे थे, तब उनमें एक त्रुटि दिखाई पड़ी। एक ही नाम पर दो पैदावार दर्ज की गई थीं। उन्हें भास हुआ कि यह उनकी गलती थी।

"हे सरपंचजी, यह मेरी चूक है। मैं दोनों भाइयों के नाम को लेकर भ्रमित हो गया और दोनों के नाम पर एक ही उपज दर्ज कर दी।"

नारद ने लेखपाल को देखा और कहा, "मुझसे क्षमा मत माँगो, तुम्हें इनसे क्षमा प्राप्ति करनी चाहिए।"

लेखपाल ने भाइयों के आगे हाथ जोड़कर क्षमा याचना की।

"मैं सभी ग्रामीणों से अनुरोध करता हूँ कि वे इस प्रकार की समस्याओं पर आपसी लड़ाई व कलह पैदा करने के बजाय पंचायत कार्यालय में भाग लें," नारद ने उपस्थित लोगों से कहा।

नारद ने भाइयों को पुनः बुलाकर पंचायत कार्यालय की ओर से उनसे क्षमा याचना की तथा लेखपाल को आवश्यक बदलाव करने को कहा।

भाइयों के बीच के मुद्दे को सुलझाने के बाद, नारद गाड़ी पर चढ़े और वर्मन के साथ मंडी के लिए पुनः चल पड़े।

"सरपंच होने के नाते आपने भाइयों से क्षमा क्यों माँगी?" वर्मन ने नारद से पूछा।

"जनप्रतिनिधि होने के नाते जब कार्यालय दोषपूर्ण होता है तो लोगों से क्षमा याचना करना मेरा प्रमुख कर्तव्य है। यह ध्यान रखना अत्यंत आवश्यक है कि क्षमा माँगने से आप तुच्छ नहीं हो जाते। ऐसा करना केवल आपको आपकी गलती से अवगत कराता है।"

# 3

सावित्री की गर्भावस्था के पूरे होने में केवल कुछ महीने शेष थे। नारद ने यह सुनिश्चित किया कि उनकी पत्नी का स्वास्थ्य उचित रूप से बना रहे तथा गर्भावस्था के काल में किसी भी तरह की समस्या न हो। नारद अपनी पत्नी को नियमित जाँच के लिए ले जाते थे। सरपंच होने के साथ नारद एक किसान तथा गृहस्थ का उत्तरदायित्व भी सँभाल रहे थे। वे घर का हर काम करते थे। हालाँकि, दैनिक जीवन नारद के लिए अधिक व्यस्त हो गया था, परंतु उन्होंने कभी भी इस बात की निंदा नहीं की। उन्होंने हर प्रकार के कार्य में अपना सर्वश्रेष्ठ योगदान दिया।

अपने पारिवारिक कर्तव्यों के साथ-साथ नारद को कृषि उपज का भी ध्यान रखना पड़ता था। चूँकि फसल की ऋतु निकट आ रही थी, यह सुनिश्चित करना अत्यंत महत्त्वपूर्ण हो गया कि उपज को कोई नुकसान न हो। वर्मन की सहायता से नारद खेत की देखभाल करते थे।

एक रात सावित्री अपनी गर्भावस्था में पीठ की पीड़ा के कारण सो नहीं पा रही थी। नारद ने अपनी पत्नी के साथ समय व्यतीत किया। नारद ने इसे जीवन के सभी उत्तम पहलुओं को बताने के एक अवसर के रूप में लिया, क्योंकि वे जानते थे कि माँ के साथ विवेकपूर्ण वार्त्तालाप करना महत्त्वपूर्ण था। अपने नवजात शिशु को प्रभावित करने का यह उचित समय था।

इस दृष्टिकोण से नारद ने श्रीराम की महान् कथाओं को सुनाने का निर्णय लिया। वे सावित्री की गोद में लेटकर भगवान् राम का गुणगान करने लगे; कैसे वे अपने उत्तरदायित्व के प्रति निष्ठावान थे तथा उनकी ख्याति एक धर्मी पुरुष की थी। नारद ने यह भी कहा कि प्रत्येक व्यक्ति को श्रीराम के कुछ गुणों का समावेश करना चाहिए। नारद ने जीवन के महत्त्व का भी वर्णन किया एवं मानव रूप में जन्म लेने के मूल्य को भी समझाया।

नारद ने कहा, "हर पुरुष का कर्तव्य है कि मानवता की संपूर्ण रूप से देखभाल करे तथा स्वार्थ एवं लोभ के मूल्यों को छोड़ दे। लोगों की सहायता करना तथा एक उत्तम व्यक्ति बनने पर ध्यान केंद्रित करना परम आवश्यक है।"

नारद ने अपनी बात को आगे बढ़ाते हुए कहा, "अध्यात्म से जीवन का सार समझना आवश्यक है। ईश्वर ही संसार का एकमात्र सत्य है। ईश्वर सर्वव्यापी है। ईश्वर की साधना ही जीवन को आकार दे सकती है।"

नारद ने यह भी बताया कि कैसे प्रत्येक मनुष्य में राम की शांति और कृष्ण की निपुणता के गुण होने चाहिए। नारद ने महाभारत की कथाओं को भी सामने रखा और यह भी बताया कि बदलते युग में परिवार और भाईचारे में असमानता कैसे अपेक्षित है! समय के साथ नारद ने वेदों और उपनिषदों के भजन, कीर्तन और मंत्र गाए। स्पष्ट रूप से नारद चाहते थे कि उनकी संतान अपने पिता समान अपनी आयु में ब्रह्मर्षि और भक्ति का पालन करे।

नारद ने अपने दैनिक जीवन प्रयासों और अपनी खेती की कठिनाइयों को भी सुनाया, क्योंकि नवजात शिशु के लिए यह जानना अनिवार्य था कि मानव जीवन प्रयासों और कठिनाइयों से भरपूर है और यह पाठ वे स्वयं पढ़कर सिखा रहे थे।

नारद के खेत पैदावार के कारण सुनहरे हो गए थे तथा भरपूर उपज से लद बद उनकी खेती लहलहा रही थी। अपनी भूमि के प्रति कड़े परिश्रम और समर्पण की यह फल प्राप्ति थी। पृथ्वी लोक पर नारद का रहना उनके जीवन का एक खट्टा-मीठा अध्याय था। परंतु जब भी मिठास ग्रहण करने का अवसर प्राप्त होता, तब वे सारी भोगी हुई खटास को भूल जाते।

एक दिन जब नारद खेत में फसल काटने में व्यस्त थे, वर्मन उनके पास दौड़ा चला आ रहा था। नारद ने उसे आते देखा और पहले से कटे हुए ढेर पर फसल को एकत्रित कर दिया।

अपना पसीना पोंछते हुए नारद वर्मन के पास गए—"क्या हुआ मित्र? तुम इतने विचलित क्यों हो?"

वर्मन दौड़ते-दौड़ते परिश्रांत हो गया था। वह अपने श्वास को नियंत्रित करने का प्रयास कर रहा था। वह कुछ कहना चाहता था, परंतु उसके मुख से शब्द ही नहीं फूट रहे थे।

नारद ने अपनी मटकी से वर्मन को थोड़ा जल दिया।

वर्मन ने जल ग्रहण कर अपना पसीना पोंछते हुए कहा, "सावित्री दीदी जन्म देनेवाली हैं!"

नारद को इस बात पर विश्वास नहीं हो रहा था। उन्होंने हर्षमय होकर वर्मन को हृदय से लगा लिया।

"हम यह बाद में भी कर सकते हैं मित्र, अब शीघ्र घर चलो," वर्मन ने कहा।

नारद और वर्मन दोनों गाँव की ओर दौड़ पड़े।

घर में प्रवेश करते ही उन्होंने ससुरजी को कुरसी पर बैठे देखा। वे बहुत व्याकुल थे। नारद अपनी सावित्री को वेदना से कराहते हुए सुन सकते थे। उन्होंने ससुरजी को कंधों से कसकर पकड़ लिया। उनके नयनों से अश्रु की बूँदें उनके मुख पर छलक गईं। नारद अपनी आँखें मूँदकर नारायण का जाप करने लगे।

कक्ष से एक तेज चीख निकली। नारद ने अपनी आँखें खोलीं। कुछ क्षण पश्चात् वे एक शिशु को रोते हुए सुन सकते थे।

तब ही कक्ष के अंदर से एक पुकार आई, "पुत्र प्राप्त हुआ है!"

"नारायण, नारायण!" ऐसा कहकर नारद अपने स्थान से उछल गए। उनके भीतर मानो हर्ष के झरने बहने लगे। वे अभी भी इस बात पर किंचित् विश्वास नहीं कर पा रहे थे कि उनका अपना एक अंश उन्हें प्राप्त हुआ! उन्होंने ससुरजी को रोते हुए आलिंगन दिया।

एक महिला अपने हाथों में उनके पुत्र के साथ बाहर आई। नारद उसके पास गए तो उसने शिशु नारद को सौंप दिया। नारद की बाजुएँ, जो हल चलाने, बैलगाड़ी का पहिया कीचड़ से निकालने, और न जाने कितने भारी श्रमिक कार्य करने योग्य थीं, आज अपने नन्हे से पुत्र को गोद में लेते समय काँप रही थीं। उन्होंने बालक को देखा, जो अपनी माता स्वरूप गोरा और सुंदर था। उसके पास माता के स्याही केश, भूरी आँखें और पिता की छोटी नाक तथा बड़े कान थे। नारद उसे देखकर मंत्रमुग्ध हो चुके थे। वे अपने अश्रुओं को नियंत्रित नहीं कर सके। शिशु को लेकर कक्ष के भीतर जाकर वे अपनी प्रिय पत्नी के निकट बैठ गए।

"आपके द्वारा सोचा गया कोई नाम?" सावित्री ने अपने पुत्र को गोद में लेते हुए कोमल स्वर में पूछा।

"इसने जितनी सरलता से हमारे जीवन में समृद्धि तथा उल्लास प्रदान किया है, उसी प्रकार यह जहाँ जाएगा, वहाँ अपने पद चरणों से प्रगति लाएगा। इसे लोग 'उत्कर्ष' के नाम से पुकारेंगे," नारद ने अपने छोटे से परिवार की ओर देखते हुए गर्व से कहा।

दंपति की अनुमति से यह हर्षिल समाचार मिठाई के साथ गाँवभर में बाँट दिया गया। यही वह मिठास थी, जो अब नारद के जीवन में चारों तरफ वास कर रही थी।

□

# 5

# परिवार

## 1

अपनी पहली संतान के जन्म के पश्चात् नारद का जीवन आनंद और समृद्धि से भरपूर हो चुका था। नारद अब केवल प्रधान या पति ही नहीं, बल्कि एक पिता भी थे। वे इस भूमिका को कुशलता से निभाने का पूरा प्रयत्न कर रहे थे।

नारद के यहाँ इस वर्ष अच्छी पैदावार हुई थी और वे गाँव के सबसे प्रसन्न किसानों में से एक थे। नारद ने ग्रामीणों के समक्ष एक आदर्श पुरुष की परिभाषा का उदाहरण प्रस्तुत किया। नारद के साथ उनकी पत्नी भी एक सम्मानजनक एवं निष्ठावान गृहिणी का उदाहरण थी। सावित्री के मन में अपने ब्रह्मर्षि पति या पारिवारिक पृष्ठभूमि से संबंधित किसी प्रकार का अहंकार नहीं था। वह केवल अपने कर्म एवं धर्म के लिए समर्पित थी और सादगी से जीवन व्यतीत करना ही उसे उचित लगता था। अपने पुत्र उत्कर्ष के जन्म के भाद्र अवसर पर नारद ने सभी ग्रामीणों के लिए हरि पाठ तथा महाभोज का आयोजन किया। वे अपने हर्ष को सभी के साथ साझा करना चाहते थे, क्योंकि अपने शब्दों के प्रति पूर्ण निष्ठावान नारद का यह मानना था कि समस्त गाँव उनका परिवार था। हरि पाठ की प्रक्रिया सुचारू रूप से चली। लगभग हर गाँववासी ने इस समारोह में भाग लिया और नारद को बधाई दी।

पड़ोसी गाँव के प्रधान को भी आमंत्रित किया गया तथा उनके पुत्र रवि से

इंदु के विवाह का प्रस्ताव रखा। नारद जानते थे कि वे क्या कर रहे थे। अंतर ग्राम संबंध को दृढ़ करने और उनके बीच घुली पुरानी खटास को दूर करने के लिए यह कदम उठाना अत्यंत आवश्यक था।

इंदु के पिता, जो इस प्रस्ताव से पूर्णत: आश्वस्त नहीं थे, उन्होंने नारद से पूछा, "हे देवर्षि, आपने यह निश्चय लेने से पूर्व क्या विचार किया था?"

नारद ने अपने हाथ जोड़कर उत्तर दिया, "पितामह, मैं उनके कुटुंब से संबंध साधकर सबकुछ शांतिमय बनाने का प्रयत्न कर रहा हूँ। पड़ोसी प्रधान एक अच्छे एवं सरल पुरुष हैं, जो हमारी तरह केवल अपने गाँव की भलाई के विषय में लीन रहते हैं। जल संकट के मुद्दे को हल करने के लिए इस विवाद को सुलझाना आवश्यक है। हर किसी को साथ लेकर और एकजुट होकर समाधान खोजना अत्यंत महत्त्वपूर्ण है और यह केवल तब संभव होगा, जब हम निजी संबंधों की गाँठ कसकर बाँधेंगे।"

"यह मेरी पुत्री के जीवन को किसी अनपेक्षित रूप से प्रभावित तो नहीं करेगा?" ससुरजी ने माथे पर बल डालते हुए कहा।

"नहीं पिताजी, इंदु मेरी भी बहन मात्र है। मैं किसी भी रूप में उसे हानि नहीं पहुँचने दूँगा। मैं जानता हूँ कि रवि एक उत्तम और ज्ञानवान युवक हैं," नारद ने ससुरजी के घुटने पर आश्वासन का हाथ रखते हुए कहा।

हर कोई इस प्रस्ताव पर सहमत हो गया और यह निर्णय लिया गया कि इंदु रवि के साथ अग्नि को साक्षी मानकर सात फेरे लेगी तथा अपने वैवाहिक जीवन में प्रवेश करेगी।

यहाँ घर के भीतर के सदस्यों ने एक-दूसरे को आलिंगन दिया नहीं कि सारे समाचार सरमन तक पहुँच गए। सरमन का मन अब विचलित हो उठा था। वह नहीं चाहता था कि यह विवाह हो, क्योंकि उसे भली-भाँति ज्ञात था कि यदि दोनों प्रधान समधी बन गए तो दोनों गाँव के संबंध पक्के हो जाएँगे। इसका लाभ तो समस्त ग्राम उठाएगा, परंतु एक सहयोगी छूट जाने का नुकसान केवल सरमन को आभास होगा। और वैसे भी सरमन के दिन कुछ शुभ नहीं चल रहे थे। प्रधान पद से अपना नाम वापस लेने के पश्चात् और घाटा सहने को वह सज्ज नहीं था।

सरमन के मस्तिष्क में गढ़ते षड्यंत्र से अज्ञात रहकर नारद ने अपने

पारिवारिक जीवन पर ध्यान केंद्रित किया। चूँकि फसल की ऋतु समाप्त हो चुकी थी, वे अपने लाड़ले पुत्र उत्कर्ष के साथ, जो अब छह महीने का हो गया था, अधिक-से-अधिक समय व्यतीत कर पा रहे थे। कभी वे उसे गाँवभर में घुमाने ले जाते और भिन्न-भिन्न प्रकार की वस्तुओं से अवगत करते। वे उसके मुख से 'नारायण' बुलवाने का घोर प्रयत्न करते, परंतु उत्कर्ष 'न' पर ही अटक जाता। वह रेत से खेलने में तथा मिट्टी खाने में रुचि रखता, जिसे देख नारद को बाल गोपाल का स्मरण होता। रात में वे अपने पुत्र को दशावतार की कथाएँ एवं पंचतंत्र की कई कहानियाँ सुनाया करते। पुत्र-मोह में नारद दिन-प्रतिदिन सुखी-सुखी उलझते जा रहे थे।

एक दिन, घर की बैठक में सावित्री उत्कर्ष को अपने सीधे पैरों पर लिटाकर उसकी तेल मालिश कर रही थी। नारद मुनि भी निकट बैठकर इस दृश्य को देख रहे थे। अपने परिवार को निहारते हुए, वे इस विचार में लीन थे कि मनुष्य हर दिन कितना कठोर प्रयत्न करके अपना जीवन सजाता है! जिसे कदाचित् ज्ञात भी नहीं कि वह अगले दिन निद्रा से जागेगा भी या नहीं! वह प्रतिदिन अपने कर्मों का फल भोगने निकल पड़ता है। तो उनकी पुरातन विचारधारा, कि मनुष्य क्यों चिंतित होता है, जब नारायण सबके निर्माता हैं, अब व्यर्थ लगने लगी थी; क्योंकि नारायण हर जगह दुःख और सुख का बोझ उठाने नहीं आते, यह तो मनुष्य को ही ढोना पड़ता है। जैसे इस क्षण अपनी पत्नी और पुत्र को एकत्र देख उन्हें वह सुख प्राप्त हो रहा था, जो कभी नारायण के ध्यान पश्चात् हुआ करता था। आजकल चारों ओर का उत्तरदायित्व बढ़ जाने के कारण ध्यान करना दुर्लभ होने लगा था। इसी सुख की तुलना करके उन्होंने अपने जीवन के दो अनमोल रत्नों का वार्त्तालाप सुनना ही ध्यान मान लिया।

"मालिश करने के पश्चात् उत्कर्ष क्या करेगा?" सावित्री शिशु की हथेलियों में तेल मलते हुए बोली। उत्कर्ष अपनी माता को एकटक देखे जा रहा था और शांतिपूर्वक माँ की बातों को ऐसे सुन रहा था, जैसे गाँव की पंचायत को सबकुछ अचूक प्रकार से बताना हो। "इसके पश्चात् उत्कर्ष स्नान करेगा," सावित्री ने मुसकराते हुए कहा और उसके मुलायम पदों पर तेल

मलने लगी। जैसे ही माता ने हथेलियाँ छोड़ीं, उत्कर्ष ने नन्ही सी मुट्ठी बाँधकर अपने मुँह में डाल ली। नारद और सावित्री अपने पुत्र की प्यारी हरकत देखकर हँस पड़े। इस मगन क्षण को किसी की पुकार ने टोक दिया।

"कोई है, जो हमारी सहायता कर सकता है?" एक महिला की निर्बल सी आवाज घर के बाहर से आई। सावित्री को जैसे बिना देखे ही उसकी दरिद्रता का भास हो गया था। उत्कर्ष को सावधानी से नारद की गोद में रखते हुए वह झट से उठ गई। आँगन पार कर, द्वार खोलते ही देखा कि एक अति परिश्रांत माता अपने दो पुत्रों और एक पुत्री, जो उसकी गोद में सो रही थी, उनके साथ कहीं जा रही थी।

"कहो बहन, क्या सहायता कर सकती हूँ तुम्हारी?" सावित्री ने कोमल स्वर में पूछा। उनकी स्वेद से तर-बतर देह देखकर वह जान गई थी कि उन्हें जल की घोर आवश्यकता थी।

"आपकी बहुत कृपा होगी यदि थोड़ा जल और कुछ खाने को मिल जाता! मेरे लिए न सही, दो रोटी इन बच्चों के लिए हो तो…"

"कृपा की क्या बात है, अंदर आओ बहन। कब से चल रही हो, भीतर आकर थोड़ा विश्राम कर लो, जब तक मैं कुछ भोजन बाँध देती हूँ, "सावित्री ने आमंत्रित मुसकान से कहा। महिला की आँखें अचंभे से बड़ी हो गईं। उसे लगा था, न जाने कितने द्वार खटखटाने होंगे" तब जाकर कहीं जल प्राप्त होगा। किंतु यहाँ तो यह देवी स्वरूप महिला ऐसे सत्कार कर रही थी, जैसे उसी की प्रतीक्षा थी।

"संकोच मत करो, आ जाओ, सावित्री मुसकराई।"

महिला ने अपनी गोद में सो रही पुत्री को लेकर अपने दोनों पुत्रों के साथ घर में प्रवेश किया। भीतर आते ही घर का रंग-ढंग और बैठक में नारद के गोद में लेटे शिशु को देखा। उसके पुत्र तुरंत नन्हे बालक के निकट जाकर उसके साथ खेलने लगे, उसे हँसाने का प्रयत्न करने लगे। उसने अपने पुत्रों को रोकना चाहा, परंतु वह ऐसा करती, उसके पहले ही नारद ने महिला से कहा, "चिंतित न हो देवी, यहाँ पथिकों की सहायता उच्च रूप से की जाती है।"

वह अपनी दृष्टि उन पर से हटा ही नहीं पा रही थी। उसे उनके इर्द-गिर्द एक विचित्र सा प्रकाश दिख रहा था। ऐसा प्रतीत हो रहा था, जैसे सत्संग में सुनी बातें आज समझ आई हों! पता नहीं कैसे, परंतु ग्रीष्म से विचलित मन अपने आप शीतल हो गया था। यह कैसे संभव था?

'हे प्रभु,' उसने धीमे स्वर में स्वयं से ही कहा। इतने में ही सावित्री जल के स्रोत और एक झोली में बँधे कुछ भोजन के साथ आई।

"लो बहन," उसने महिला के हाथ में झोली पकड़ा दी, जिसमें दो से अधिक रोटियाँ थीं। "आशा करती हूँ आज रात्रि के लिए भी इतना भोजन तुम चारों के लिए पर्याप्त हो," सावित्री महिला की गोद में सोती हुई बच्ची को सहलाते हुए बोली। महिला की आँखें भर आईं।

"आपकी आज हम पर बड़ी कृपा रही है, देवी। ईश्वर आपके कुटुंब को सदा कुशल रखे," उसने हाथ जोड़कर कहा।

सावित्री ने उसके हाथों को पकड़कर कहा, "कृपा की कोई बात नहीं है, बहन। एक-दूसरे की सहायता हम नहीं करेंगे तो और कौन करेगा? हमें तुम्हारी सेवा करने का अवसर प्रदान करने के लिए हम तुम्हें धन्यवाद कहते हैं।"

महिला सावित्री और उसके परिवार की उदारता स्वीकार कर अपने रास्ते पर संतुष्टि से चल पड़ी।

"माता कितनी दयालु है न उत्कर्ष?" नारद ने लाड़ से अपने पुत्र को कहा।

"पिताश्री से कहो ये सब तो नारायण की कृपा है," सावित्री ने उत्कर्ष को गोद में लेते हुए कहा।

"नारायण, नारायण!" नारद हँस पड़े।

जहाँ नारद और उनका परिवार सुकर्मों में व्यस्त था, सरमन इंदु का विवाह निष्फल करने की योजना बना रहा था। उसे पता था कि विवाह तोड़ने के लिए उसे क्या करना होगा! पारंपरिक आर्यावर्त परिवारों में उनके घर की महिलाएँ उनके गौरव का चिह्न थीं। चालाक सरमन इस कड़ी को पकड़कर अपने अनैतिक विचार से नारद के घोर परिश्रम से कमाए हुए सम्मान को ठेस पहुँचाना चाहता था।

सरमन और उनके समर्थकों ने गाँव में जनश्रुति फैलानी शुरू कर दी कि इंदु, जो एक सुंदर, सुशील, आज्ञाकारी कन्या थी, जिसकी बड़ी आँखें, छोटा कद और लंबे काले केश थे, वह खेतों में एक विवाहित पुरुष के साथ बात करते हुए देखी गई थी।

कुछ ही समय में गाँव में यह प्रवाद हवा के संग फैल गया और हर कोई इस पर चर्चा करने लगा। सभी नारद के निवासस्थान को लज्जा की दृष्टि से देखने लगे। जहाँ कभी हरि पाठ हुआ था, अब वहाँ पापों का बसेरा रहता था, ऐसे विचार फुसफुसाने लगे।

इंदु जब मंडी से सब्जियाँ लेकर घर आई, तब सावित्री ने उसके हाथ से झोला लेकर कहा, "आज तो तुझे बड़ी देर हो गई, इंदु, आज फिर लौकी नहीं मिल रही थी क्या?" सावित्री अपनी छोटी बहन से बात करते-करते रसोई की ओर जा रही थी। इंदु के कानों पर जूँ तक नहीं रेंगी, क्योंकि उसका मन अत्यंत विचलित था।

"क्या हुआ? इतनी शांत क्यों हो?" सावित्री ने पीछे मुड़कर देखा तो इंदु के माथे का बल स्पष्ट बता रहा था कि कोई बात उसे खाए जा रही थी।

"बोलो इंदु," सावित्री ने उसे बाँह से हिलाते हुए कहा।

"हाँ! पता नहीं जीजी," वह सावित्री से आँखें मिलाते हुए बोली, "आज मंडी में सब मुझे ही देखे जा रहे थे।"

"तो इसमें चिंतित होने जैसी क्या बात है? तुम हो ही इतनी सुंदर," सावित्री हँसते हुए बोली।

"बस भी करो, जीजी। सब बड़ी अटपटी दृष्टि से देख रहे थे। मेरे मन में संकोच हुआ कि कहीं कुछ मुख पर लगा है या मैंने कुछ अनुचित कर दिया, परंतु ऐसा तो कुछ भी नहीं हुआ था।" इंदु फिर इसी विचार में डूब गई। बहनों के वार्त्तालाप को टोकते हुए नारद उत्कर्ष को गोद में लिये अंदर आए।

"क्यों मौसी? उत्कर्ष के लिए लौकी लाई या आज भी नहीं मिली?" नारद अपने पुत्र के साथ हँसने लगे, परंतु जब उन्होंने देखा कि वातावरण में तनाव था, वे चुप हो गए।

"क्या बात है ? आज रसोई में दोनों बहनों के होते हुए इतनी शांति ?" नारद ने उत्कर्ष को भूमि पर बिठा दिया। वह अपने हाथों और घुटनों के सहारे रेंगते हुए अपने नानाजी के पास बैठक की ओर चला गया।

"जी वह मंडी में···" सावित्री कहने लगी, परंतु वर्मन की चिल्लाती हुई आवाज ने उसकी बात काट दी।

"अनर्थ हो गया प्रधानजी ! अनर्थ हो गया !" सारे सदस्य चकित रह गए। नारद यकायक बाहर आए और देखा कि वर्मन हाथ जोड़े, मुख में जैसे द्रौपदी के चीरहरण का समाचार लिये खड़ा था !

"क्या हो गया, वर्मन ?" ससुरजी ने अधीरता से अपने स्थान से उठकर पूछ। पास में नारद तथा पीछे सावित्री और इंदु भी आकार उपस्थित हो गए।

"घोर अनर्थ ! कैसे अज्ञात हैं आप सब, जब समस्त गाँव इसकी चर्चा कर रहा है ?"

"स्पष्ट रूप से बताओ, हुआ क्या है ?" नारद ने शांत स्वर में पूछा।

"इंदु किसी विवाहित पुरुष से प्रेम करती है," वर्मन ने धीमे, गंभीर स्वर में उत्तर दिया। "ऐसा हर गाँववासी कह रहा है।" जैसे ही यह शब्द ससुरजी के कानों पर पड़े, उनका संतुलन बिगड़ गया और वे झटके से भूमि पर माथा पकड़कर बैठ गए।

"यह सत्य नहीं है !" इंदु फूट-फूटकर रोने लगी। सावित्री अपने पिता के पास गई और उन्हें शांत करने का प्रयत्न करने लगी। यहाँ पिताजी चुप नहीं हो रहे थे और वहाँ उत्कर्ष भी स्थिति के तनाव में रोने लगा। नारद को कुछ समझ नहीं आ रहा था। इतनी गंभीर परिस्थिति, जहाँ कुल मिलाकर तीन लोग एक ही समय पर रो रहे थे, घर में पहली बार उत्पन्न हुई थी। इंदु के इस संबंध की बात केवल एक जनश्रुति थी, वे भली-भाँति जानते थे। परंतु ऐसा प्रवाद कौन और क्यों फैलाएगा ? ऐसा करने से किसी को क्या लाभ प्राप्त हो सकता है ? लाभ ! लाभ की कामना सदैव एक लोभी को ही होती है और इस गाँव का तो एक ही जाना-माना लोभी था।

"आप सब कृपया शांत हो जाइए और अपनी पुत्री पर विश्वास बनाए रखिए !" नारद ने ऊँचे स्वर में कहा और एक साथ सारा रोना-धोना बंद हो

गया। किंतु एक ही क्षण में उत्कर्ष फिर रोने लगा तो सावित्री तुरंत उसे अपने कक्ष में ले गई।

मन में क्रोध तो उबले जा रहा था और इस भावना पर नारद का नियंत्रण दुर्बल हो रहा था। कुटुंब के सम्मान को कलंकित करने का कार्य जो सरमन ने किया था, वह घोर पाप था। एक लंबी श्वास लेकर नारद ने अपने प्रभु का स्मरण किया।

"ससुरजी, आप चिंतित न हों। मैं सब ठीक कर दूँगा," नारद ने उन्हें भूमि पर से उठाते हुए कहा। "गाँव ने इस विषय पर पर्याप्त चर्चा कर ली है। अब घर चर्चा करेगा और इस अनुचित अपमान को साफ करेगा।" रोती हुई इंदु, जिसने स्वयं को ही दोषी मान लिया था, उसके सिर पर हाथ रख नारद ने आश्वासन दिया।

## 2

विशाल पुराने बरगद के पेड़ के चारों ओर, जहाँ अधिकांश पंचायत की सारी बैठक हुआ करती थी, वहाँ ग्रामीणों ने प्रधान के आदेश पर जमावड़ा किया था। लोग इस घटना के बारे में कानाफूसी कर रहे थे और नारद इस प्रकार देख रहे थे जैसे कि सर्वत्र दोष उनका ही था। नारद लोगों में एक विचित्र प्रकार के असंतोष की भावना पनपते देख सकते थे। वे भी इस अपमानजनक अराजकता से बहुत असंतुष्ट थे, परंतु उन्होंने अपनी शांति बनाए रखी और किसी भी प्रकार की प्रतिक्रिया नहीं दी। यह सुनिश्चित करने के बाद कि हर कोई अब आ चुका है, नारद ने बैठक को संबोधित करना प्रारंभ किया।

"मेरे प्रिय ग्रामीणो, यह बैठक आपके समक्ष वास्तविकता रखने के लिए बुलाई गई है। जैसा कि आप सभी जानते हैं, इंदु को हमारे ही गाँव के विशु के साथ हँसते हुए और बातें करते देखा गया था। चलिए यह तो मेरे शब्द हैं। आपकी मान्यता से तो विशु और इंदु का विवाहेत्तर संबंध है, "नारद ने सबकी ओर देखते हुए कहा और अपना माथा पकड़ लिया। "हे प्रभु!" वे

बोले, "यह तो घोर अनर्थ हो गया!" उपस्थित भीड़ ने सहमति जताते हुए अपने-अपने सिर हिलाए।

"अनर्थ तब होता, जब यह सत्य होता," नारद के ऐसा कहते ही सबके सिर स्थिर हो गए।" वास्तविक अनर्थ तो यह है कि लाचार विशु की गाय लापता हो गई थी। वह खेत में निराश और चिंतित बैठा था, जब इंदु वहाँ से घर आ रही थी। किसी को इतना विवश देख उसकी सहायता न करना इंदु को नहीं आता, इसलिए विशु का मन हल्का करने के लिए इंदु ने उसके साथ कुछ चुटकुले साझा किए। यदि हम विशु के घर जाकर निरीक्षण करते हैं तो यह देख सकते हैं कि उसकी गाय अभी भी लापता है, "नारद ने उन ग्रामीणों को देखते हुए कहा, जो अब झील समान शांत बैठे थे।

नारद ने बात आगे बढ़ाते हुए कहा, "बड़ी विचित्र बात है कि गाय को खोजने में हमारे बंधु विशु की सहायता करने के अतिरिक्त, जो कि एक वास्तविक मुद्दा है, हम असत्य समाचारों पर ध्यान केंद्रित कर रहे हैं! और सबसे चौंकानेवाला हिस्सा यह है कि हमारी विचारधारा इतनी तुच्छ है कि हमारी समझ में एक पुरुष और एक महिला केवल प्रेम के बंधन को ही साझा कर सकते हैं! मैं कहता हूँ कि वे भाई-बहन का संबंध भी तो निभा सकते हैं?" जब गाँववालों की ओर दोष का काँटा अटका, तब ग्रामीण शांत हो गए।

"मुझे ज्ञात है कि मेरे विरोधी क्या करने का प्रयत्न कर रहे हैं और वे ऐसा क्यों कर रहे हैं? "नारद ने सरमन की ओर क्षण भर के लिए दृष्टि केंद्रित करते हुए कहा। "इसलिए मैं यह बताना चाहता हूँ कि इंदु का विवाह रद्द नहीं हुआ है और न कभी होगा। इसके लिए मुझे पड़ोसी गाँव के प्रधानजी ने आश्वासन दिया है, जो अब इस विषय में आपसे कुछ कहेंगे।"

हर कोई स्तब्ध रह गया था। सरमन लज्जा के मारे पीला हो गया, क्योंकि वह जानता था कि उसने वास्तव में कितना अनुचित कार्य किया है।

प्रधानजी सामने आए और ग्रामीणों को हाथ जोड़कर संबोधित किया— "हे ग्रामीणो, जिसने भी यह किया है उसने न केवल नारदजी के साथ, बल्कि मेरे साथ भी अन्याय किया है," प्रधानजी ने सरमन की तरफ आँख उठाकर देखते हुए कहा। सरमन ने अपना सिर नीचे रखा और भूमि पर लात मारी। "मैं

यह कहना चाहता हूँ कि आनेवाले तीन महीनों में, इंदु का विवाह मेरे पुत्र रवि से होगा और वह सम्मान सहित हमारे घर की बहू बनकर आएगी।"

हर ग्रामीण अपराध बोध में था कि उन्होंने अपने ही प्रधान पर शंका व्यक्त की, जिन्होंने सदैव सबकी रक्षा की थी और आवश्यकतानुसार उनके हित में खड़े हुए थे! वे सभी नारद से क्षमा याचना करना चाहते थे।

नारद इन सबकी भावनाओं को परख सकते थे।

उन्होंने हाथ जोड़कर कहा, "मेरे प्यारे ग्रामीणो, आप सब कृपया स्वयं को दोषी न समझें। मिथ्याबोध और संचार पारिवारिक निर्माण प्रक्रिया का एक हिस्सा है। अब आप शांतिपूर्वक अपने-अपने निवासस्थानों की ओर प्रस्थान कर सकते हैं।" बैठक स्थगित कर दी गई और सभी अपने घरों के लिए रवाना हो गए।

घर जाते समय वर्मन नारद के पास आया और बोला, "हे मित्र, तुमने सब कुछ इतनी अच्छी तरह से कैसे प्रबंधित किया?"

"मित्र वर्मन, मैं अब इस गाँव में सबकुछ प्रबंधित कर सकता हूँ, क्योंकि अब मैं हर ग्रामवासी की विचारधारा से अवगत हूँ। कौन सा कार्य कैसे करना है, इसका भी मुझे अब संपूर्ण ज्ञान है," नारद ने मुसकराते हुए अपना सीना चौड़ा कर लिया।

नारद और प्रधानजी वर्मन को पीछे छोड़ते हुए चले गए।

"मुझे नहीं ज्ञात था कि सरमन इतना स्वार्थी हो सकता है! "प्रधानजी ने अपना असंतोष व्यक्त करते हुए कहा।

"हर किसी का व्यवहार हमारी अपेक्षा अनुसार नहीं होता, प्रधानजी। किसने विचार किया था कि हमारी पहली भेंट, जो उस समय फलदायक न होने के पश्चात् भी, हमारे बीच एक संबंध साध सकती है?" नारद और प्रधानजी हँसी में फूट पड़े।

नारद प्रधानजी को बैलगाड़ी तक छोड़ने गए, जहाँ रवि पहले से ही प्रतीक्षा कर रहा था। रवि एक लंबे कद का नौजवान था, जिसकी गोरी त्वचा और चमकदार काले बाल थे। बलशाली कंधों पर स्थित साफ मुख पर सजी मूँछें ऊपरी छोर से मुड़ रही थीं तथा उसका व्यक्तित्व और निखार रही थीं।

बैलगाड़ी तक पहुँचते ही नारद ने रवि से कहा, "स्वयं को सँभाले रखना। इस गाँव में अपने जामाता से बहुत श्रम करवाते हैं। अब तो मेरे बाल भी चमकहीन सफेद होने लगे हैं, तुम्हारा ध्यान रखना अनिवार्य है।" तीनों इस व्यंग्य को सुनकर खिलखिलाकर हँसने लगे। दोनों ने आज्ञा ली और अपने गाँव की ओर प्रस्थान किया।

नारद भी घर वापस आ गए। उन्होंने चारों ओर देखा और पाया कि सावित्री सो रही थी, परंतु उत्कर्ष उठा हुआ था। वे अपने पुत्र के पास गए और उसे गोद में उठा लिया। छत पर पहुँचकर उसे दिनभर में हुई सारी घटना सुनाई। अंत में नारद बोले, "इसी तरह आपके पिता ने परिवार का सम्मान बचाया।" नारद ने उत्कर्ष के बालों को सहलाते हुए कहा, "मैं अपने सारे जीवन विवादों को सुलझाता रहा हूँ। चाहे भगवान् हो या मनुष्य हो, मैं सबमें सर्वश्रेष्ठ विवाद निवारक हूँ।" नारद ने उत्कर्ष को प्रसन्नता से हवा में उछालकर पकड़ लिया, जिससे वह खिलखिलाकर हँसने लगा।

## 3

अगले दिन नारद पड़ोस के गाँव से घर लौट आए। स्नान करने के पश्चात् वे रसोई में गए, जहाँ सावित्री अपने पति के लिए रोटियाँ बनाने में व्यस्त थी। नारद भूमि पर बैठ गए और सावित्री के भोजन परोसने की प्रतीक्षा करने लगे। उसने एक थाली में तीन रोटियों के साथ एक कटोरी सब्जी तथा एक कटोरी दाल परोसी और उसे नैवेद्य के लिए अर्पित किया। थाली को स्वीकार करते हुए नारद ने अपने अन्नदाता से प्रार्थना की और भोजन करने लगे।

"आज का दिन व्यस्त था। मैंने अंततः प्रधानजी को जल परियोजना का प्रस्ताव दे ही दिया", नारद ने कहा।

सावित्री ने माथे से अपना पसीना पोंछते हुए सिर हिलाया। "क्या वे इस पर सहमत थे?" उसने पूछा।

"हाँ, पूरी तरह से।" नारद ने अपने मुँह में निवाला रखा। "तुम सब्जी को इतने उत्कृष्ट प्रकार से कैसे पका लेती हो? यह अत्यंत स्वादिष्ट है।"

सावित्री मुसकराई। उसका मन प्रसन्न हुआ, जब उसके पति ने उसके प्रयासों की सराहना की। सावित्री नारद की रीढ़ के समान थी। वह केवल अपनी मुसकान से ही नारद का साहस बढ़ा सकती थी और जब भी वे क्रोधित होते, तब वह उन्हें समझा सकती थी, परंतु ऐसा होना बहुत दुर्लभ था। सावित्री के बिना नारद को एक क्षण का भी संतोष नहीं होता था। खेतों से, पंचायत से या पड़ोस के गाँव की यात्रा से घर वापस आने का कारण उनके जीवन में केवल सावित्री और उत्कर्ष ही थे।

रात का भोजन करने के पश्चात् नारद सदैव अपने ससुरजी के साथ थोड़ी देर टहलने के लिए बाहर जाते थे। टहलते समय दोनों खेती की पैदावार और खेत की गुणवत्ता को और श्रेष्ठ बनाने की चर्चा करते। नारद अपने संदेहों एवं विचारों को भी उनके समक्ष रख उन पर ससुरजी का परामर्श माँगते। घर लौटने के पश्चात् वे अपने प्यारे बेटे उत्कर्ष के साथ समय बिताते थे, जो बहुत तेजी से बड़ा हो रहा था। पलंग पर उत्कर्ष अपने माता-पिता के बीच में सोता था। उसी के चेहरे को निहारते हुए नारद जैसे अपने ही प्रकार का ध्यान कर रहे थे।

"सुनिए," सावित्री ने नारद की ओर देखते हुए कहा।

"कहो प्रिये!" नारद ने उत्कर्ष से दृष्टि हटाकर सावित्री पर टिकाई।

"क्या आप यहाँ पर सुखी हैं?" सावित्री ने धीमे स्वर में पूछा।

"हाँ प्रिये, तुम्हारे और इस नटखट के जीवन में रहते हुए कौन दुःखी हो सकता है?" नारद ने उत्कर्ष के सिर पर कोमलता से हाथ फेरते हुए उत्तर दिया। "ऐसा प्रश्न क्यों?"

"देवलोक में तो आपको इतना परिश्रम नहीं करना पड़ता होगा। इसलिए विचार किया कि कहीं आप यहाँ असंतुष्ट तो नहीं?" सावित्री के शब्दों में चिंता खनक रही थी।

"यह तो तुमने उचित ही कहा कि परिश्रम पृथ्वी लोक में अधिक है", उन्होंने सावित्री का हाथ अपने हाथों में लेते हुए कहा। "परंतु श्रम के अंत में एक भिन्न प्रकार की संतुष्टि जो यहाँ मिलती है, वह देवलोक में बरसोबरस ढूँढ़ने के पश्चात् भी नहीं मिलेगी। ऐसी संतुष्टि, जो पहली बार तुम्हारे लाए हुए

स्त्रोत से जल ग्रहण करने पर मिली थी।" नारद और सावित्री अपने मिलन का स्मरण करते हुए धीमे से हँस पड़े। "मानव जीवन ने मुझे कई विषयों में शिक्षित किया है। अब एक ब्रह्मर्षि को तो मनुष्य जीवन सरल ही लगेगा, क्योंकि हम तो ईश्वर के इतने निकट हैं। सत्य प्राप्त होने के पश्चात् परिश्रम नहीं दिखता। परंतु पृथ्वी पर समय का अंतराल जैसे सूक्ष्म है। यहाँ तीन पहर में तीस कार्य करने पड़ते हैं। इस दृश्य को देखकर देव यही विचार करते हैं कि जहाँ मनुष्य को ईश्वर की खोज करनी चाहिए, वह किसी अन्य पदार्थ की खोज में व्यस्त है। वे ही तीस कार्य करने के पश्चात् ज्ञात होता है कि सब व्यस्त ही तो हैं, यही तो बात है।" नारद की इन बातों को सुनकर सावित्री के मन में और एक प्रश्न उठा।

"तो आप देवलोक में करते क्या थे?"

नारद के मुख पर अमरावती के दिनों की स्मृति एक मुसकान लाई। "वैसे तो केवल विश्व का भ्रमण ही करता था; नारायण की वाणी, वेदों का ज्ञान विस्तृत करने का प्रयत्न करता था। एक बार महादेव का दान भी करवाया था", नारद हँसने लगे।

"हे प्रभु, क्या यह सत्य है?" सावित्री की आँखें बड़ी हो गई।

"हाँ, माता पार्वती दुःखी रहती थीं कि बारंबार महादेव कैलाश छोड़कर कहीं और चले जाते। किसी दिन उनसे भेंट करते समय उन्होंने मुझे अपनी विडंबना बताई तो मैंने भी सुझाव दे दिया।"

"परंतु यह कैसा विचित्र सुझाव है?" सावित्री ने कहा।

"जब तुम्हें किसी वस्तु का दान मिल जाए तो उस पर केवल तुम्हारा अधिकार होता है। एक समय पर इंद्राणी को भी इंद्र का उनसे दूर चले जाना नहीं भाता था। तब मैंने उन्हें भी यही सुझाव दिया था, कि इंद्रदेव को कल्पवृक्ष से बाँधकर किसी ब्राह्मण को दान कर दीजिए। बस, उन्होंने तो इंद्र का दान मुझे ही दे दिया।"

"फिर?" सावित्री आश्चर्य से हँस रही थी।

"मुझे तो सृष्टि का भ्रमण करना था, नारायण की वाणी, वेदों का ज्ञान बिखेरना था। फिर मुझे इंद्रदेव का क्या उपयोग? तो मैंने उनका दान पुनः

इंद्राणी को ही कर दिया। उसके पश्चात् वे कभी देवलोक छोड़कर नहीं गए। यह सुझाव माता पार्वती को उचित लगा तो उन्होंने कहा, 'हे ब्रह्मर्षि, कृपया आप ही दान लेकर मेरी सहायता कर दीजिए।' मैं भयभीत हो गया। मृत्युंजय महादेव का दान मैं स्वीकार करूँ? शिवजी भोले अवश्य हैं, परंतु उनके शाप इतने भी भोले नहीं होते! मैंने कहा, 'माते, मैं पहले ही इंद्रदेव का दान स्वीकार कर चुका हूँ। उचित होगा यदि आप दूसरे ब्राह्मणों को यह दान प्रदान करें। मैं सनकादिक ऋषियों को ले आऊँगा।' यह सुनकर माता प्रसन्न हो गईं।"

"सनकादिक ऋषि तो आपके भ्राता हैं, न?" सावित्री ने पूछा।

"बड़े ही हठीले भ्राता हैं," नारद ने कहा।

"फिर महादेव ने क्या किया?"

"उनके शाप के भय से ही तो मैंने महादेव को सब सत्य बता दिया, क्षमा याचना की।"

"क्या उन्होंने आपको शाप दिया?"

"हाँ, यही कि एक समय आएगा, जब सावित्री नामक सुंदरी के कारण मेरे जीवन का अंत आरंभ होगा।" वे गंभीरता से सावित्री की ओर देखने लगे। उसका हाथ तुरंत अपने मुख पर चल गया और उसकी आँखें भर आईं।

"परिहास कर रहा हूँ प्रिये", नारद हँस पड़े। "महादेव ने कोई शाप नहीं दिया। वे तो इस विचार के थे कि प्रकृति की इच्छा अनुसार जो होगा, अब देखा जाएगा। बस, फिर सनकादिक ऋषि आए, माता ने कल्पवृक्ष को बाँधकर महादेव का दान किया और प्रतीक्षा करने लगीं कि अब ब्रह्मर्षि उनके पति को पुनः लौटा देंगे। ब्रह्मर्षि बोले, ये हमारा दान हैं, हम तो इन्हें कदापि नहीं लौटाएँगे।"

"महादेव ने इस पर क्या प्रतिक्रिया दी?" सावित्री ने पूछा।

"भगवान् तो केवल निरीक्षण-परीक्षण करते हैं। वे तो प्रतीक्षा कर रहे थे कि कब माता पार्वती को अपनी भूल का भास हो और वे महादेव को चार छोटे ब्रह्मर्षियों से छुड़ा लें! माता को ज्ञात हुआ कि महादेव पर केवल उनका या ऋषियों का अधिकार नहीं हो सकता। वे तो आदि अनंत हैं, जिनकी आवश्यकता समस्त संसार को है। उन पर अधिकार जमाना, उनकी महांता

को नीचा करने के समान है। यह समझाकर माता ने महादेव को पुनः प्राप्त कर लिया, दान स्वरूप नहीं, अपने प्रिय भगवान् शंकर स्वरूप में।" नारद ने सावित्री के केश सहलाते हुए कथा संपन्न की। सावित्री मुड़ी और दीर्घ श्वास लेकर पीठ के बल लेट गई।

"कल्पवृक्ष तो नहीं है, परंतु पीपल से मैं विधि पूर्ण कर सकती हूँ," उसने आँखें बंद करते हुए कहा।

"अर्थात्?" नारद ने पूछा।

"अर्थात् सुझाव के लिए धन्यवाद देवर्षि।" दोनों खिलखिलाकर हँस पड़े।

प्रातः काल ही नारद खेत के कार्य में व्यस्त हो गए और साथ-ही-साथ अपनी जल परियोजना भी उन्होंने प्रारंभ कर दी थी। उन्होंने दोनों गाँवों के लिए एक जल का बाँध बनाने का प्रस्ताव रखा था। इस विचार के माध्यम से नारद जल की बचत को बढ़ावा देना चाहते थे। उसी समय नारद ने आनेवाली कटाई की ऋतु के लिए उपज की योजना बनाना आरंभ कर दिया था। जब बुवाई की ऋतु निकट थी, तब नारद ने ग्रामीणों के साथ खेती की योजना पर चर्चा की। पृष्ठभूमि में इंदु के विवाह की तैयारियाँ भी अत्यंत सुचारू रूप से चल रही थीं, क्योंकि अब केवल एक ही महीना शेष था। नारद ने सावित्री और इंदु के लिए पारंपरिक सोने के गहने और कपड़े बनवाए।

जैसे-जैसे विवाह का दिन निकट आता गया, नारद सारी तैयारियों में व्यस्त हो गए थे। नारद चाहते थे कि यह विवाह भव्य और सुंदर हो, क्योंकि दो गाँवों का संबंध गहरा होनेवाला था और यह संबंध प्रधान परिवारों के मध्य था। नारद के घर को फूलों की माला से सजाया गया था, जिन्हें विवाह के दिवस तक हर दिन बदला जाता था। आँगन में सजी रंगीन रंगोली ने नारद के घर के दृश्य को अत्यंत सुंदर और आकर्षक बना दिया था। सारी विधियों और परंपराओं का पालन निष्ठापूर्वक किया गया था एवं पूजा के पश्चात् महाभोज का आयोजन किया गया था। नारद ने विवाह के हर्ष में दरिद्रों को भोजन और कपड़े भी दान किए थे। समस्त गाँव को वधू स्वरूप सजाया गया था। आंगन में लाल पंडाल बाँधा था, जिसके ठीक मध्य में हवन कुंड सजाया जानेवाला

था। नौ महीने का उत्कर्ष अब चलने लगा था। अपनी माता के साथ वह छोटी सी श्वेत धोती एवं नीले कुरते में अतिथियों से हाथ जोड़कर 'नारायण, नारायण!' कहकर सबका स्वागत कर रहा था।

हवा में शहनाई की धुन तथा विभिन्न पकवानों की सुगंध चारों ओर गाँववासियों को संदेश दे रही थी कि आज प्रधानजी के घर इंदु का विवाह है। हर कोई काम की भाग-दौड़ में था। नारद एक समय में कई चीजों का प्रबंधन कर रहे थे। पंडित के प्रबंधन से भोजन तक, सबकुछ नारद के कंधों पर था। बारात द्वार पर आने ही वाली थी और नारद ने देखा कि वर्मन उनके पास दौड़ता हुआ आ रहा था।

वर्मन नारद के पास पहुँचा और उनके कान में फुसफुसाया, "जब मैं उस कमरे को पार कर रहा था, जहाँ गहने रखे हुए थे, मैंने देखा कि अलमारी खुली थी और गहने उसमें नहीं थे। मुझे लगता है कि हमें लूट लिया गया है!"

नारद के कंधे पहले से अधिक भारी लगने लगे और उनके मुख का रंग एक ही साथ झर गया। 'हे भगवान्! यह कैसा अनर्थ हो गया!' नारद अपनी पगड़ी को हटाते हुए भूमि पर बैठ गए। ऐसा लग रहा था, मानो सीता स्वयंवर पर रावण ने धावा बोल दिया हो! नारद झट से उठे और घर के अंदर चले गए। वे सावित्री के पास पहुँचे, जो इंदु को सज्ज करने में सहायता कर रही थी। इंदु के लिए आज का दिन अत्यंत महत्त्वपूर्ण था। आँखों में अपेक्षा का काजल, होंठों और गालों पर हर्ष की लालिमा, सोलह श्रृंगार में लथ-पथ, हृदय में रवि का नाम लिये वह किसी रानी से कम नहीं लग रही थी। इस अमंगल दुर्घटना से अज्ञात, प्रसन्न थी।

सावित्री को कक्ष से बाहर ले जाने के पश्चात् नारद ने पूछा, "क्या गहनों की अलमारी की चाबी तुम्हारे पास थी?"

सावित्री ने हामी भरते हुए चाबी निकालने के लिए अपनी कमर पकड़ ली, परंतु चाबियाँ लापता थीं। सावित्री अचंभित रह गई।

'हे प्रभु!' नारद ने कराहते हुए अपना सिर पकड़ लिया। "हमें वास्तव में लूट लिया गया है!"

सावित्री को विश्वास नहीं हो रहा था कि इतने शुभ अवसर पर इतना

अशुभ शकुन घटित हुआ! उसकी आँखों में आँसू भरे आए। वह नहीं जानती थी कि उसे क्या करना चाहिए?

"अब क्या?" सावित्री ने काँपते स्वर में अपने स्वामी की ओर निसहाय रूप से देखते हुए कहा।

नारद ने दीर्घ श्वास लेकर स्वयं को नियंत्रित किया। "अपने बाकी रत्नों को ले आओ और उन्हें हमारे कक्ष की अलमारी में रख दो। हम विवाह पश्चात् इस घटना की जाँच करेंगे।"

□

# 6

# विश्वास के पात्र

## 1

विवाह के संस्कार सुचारु रूप से चल रहे थे। ससुरजी इंदु का कन्यादान कर रहे थे। नारद शारीरिक रूप से समारोह में अवश्य उपस्थित थे, परंतु मानसिक रूप से वे इस विचार में डूबे थे कि वह कौन होगा, जिसने गाँव के प्रधान को लूटने का साहस किया? नारद ने वर्मन को पूरे घर का निरीक्षण कर यह देखने के लिए कहा कि आभूषण कहीं किसी ने अन्य कक्ष में तो न रख दिए हों।

वर्मन ने हड़बड़ी में घर का चप्पा-चप्पा छान लिया था, परंतु उसके प्रयास व्यर्थ थे। वह असहाय रूप से छत से नीचे उतर रहा था, पसीने में तर-बतर भीग चुका था। उसने देखा कि नारद सीढ़ियों के नीचे ही खड़े थे। वर्मन ने नारद की ओर देखा और सिर हिलाते हुए दरशाया कि आभूषण कहीं नहीं थे। नारद की दृष्टि नीचे झुक गई। हृदय में निराशा लिये वे वहाँ से चलते बने। वे इतने व्याकुल थे कि उन्होंने विवाह संपन्न होने के पश्चात् भोजन तक नहीं किया। जैसे ही विदाई की रस्म संपन्न हुई? नारद उठकर घर के भीतर चले गए। उन्होंने कपड़े बदलकर अपनी पारंपरिक धोती सदरा पहन लिये और घर से बाहर निकल गए। नारद का स्वभाव देख ससुरजी को इस बात का भास होने लगा था कि कुछ अनुचित हुआ था। उनके मुख से स्पष्ट प्रतीत हो रहा था कि वे किसी कारण क्रोधित थे।

यह उन दुर्लभ परिदृश्यों में से एक था, जब नारद उग्र थे। उनकी चाल में भिन्न सी गति थी, जो वर्मन को थोड़ा भयभीत कर रही थी। उसका अपने मित्र के इस रंग से परिचय इतने वर्षों में पहली बार हो रहा था। रास्ते के मोड़ को देखकर अब तक उसे ज्ञात हो गया था कि वे सरमन के निवासस्थान की ओर जा रहे थे। जब से नारद का नेतृत्व गाँव में आया था, तब से सारे कुकर्मों में सरमन या उसके अनुयायी ही सामान्य संदिग्ध थे। तो इस बार भी संशय की सुई का सरमन के माथे पर रुकना स्वाभाविक था।

नारद ने सरमन के निवासस्थान के मुख्य द्वार को बिना खटखटाए भीतर प्रवेश कर लिया। सरमन, जो घर की बैठक में एक लकड़ी के झूले पर बैठकर कुछ लिख रहा था, नारद को अपने समक्ष देखते ही पुस्तक बंद कर अग्रसर हो उनकी ओर चला आया।

"मित्र नारद! आज तुमने मेरे घर का रास्ता कैसे साध लिया?" उसने प्रसन्नता से कहा।

नारद ने उत्तर नहीं दिया।

उनके माथे पर पड़े बल देखकर सरमन ने पूछा ,

"आप व्याकुल लग रहे हैं, मुझसे क्या भूल हो गई, प्रधानजी?"

"तुमने मुझे क्यों लूटा?" नारद ने दाँत भींचकर कहा।

सरमन ने नारद से आँखें मिलाईं और जोर से हँसने लगा। "यह कैसा परिहास कर रहे हो मित्र?" कहकर सरमन हँसने लगा।

नारद ने दीर्घ श्वास लेकर अपने हाथों की मुट्ठियों को ढील देते हुए कहा, "तुमने वह आभूषण क्यों लूटे, जो मैंने इंदु के विवाह के लिए बनवाए थे?"

सरमन ने हँसना बंद कर दिया और नारद की ओर देखा। वह जानता था कि नारद इस समय बहुत गंभीर थे। "मैंने ऐसा कुछ नहीं किया," उसने नियंत्रित स्वर में उत्तर दिया।

"यदि तुमने नहीं तो क्या तुम्हारे अनुयायी मंदिर समझकर मेरा घर लूटने चले आए?" नारद चीख उठे।

वर्मन दो कदम के अंतर पर विकल रूप से खड़ा था, क्योंकि

नारद को इससे पहले कभी किसी से भी ऊँचे स्वर में बात करते हुए नहीं सुना था।

"शांत हो जाओ, भ्राता। मैं आपको विश्वास दिलाता हूँ कि मैंने ऐसा नहीं किया और न ही मेरे किसी अनुयायी ने सरमन ने।" अपने दोनों हाथ आगे बढ़ाकर कहा।

नारद ने अपने हाथ जोड़कर भरी हुई आँखों से उससे निवेदन किया, "सरमन, उन आभूषणों को मैंने पाई-पाई एकत्रित कर बनवाया था। कृपया मेरे परिवार के साथ ऐसा न करो। तुम्हारी शत्रुता मुझसे है, इसका दंड मेरे परिवार को क्यों देते हो?"

"मैंने कुछ नहीं किया है, मेरा विश्वास करो।" सरमन ने नारद के कंधे पकड़ लिये।

"तो किसने किया?" नारद ने पूछा।

"मुझे नहीं पता, परंतु हम अपराधी को एक साथ धर-पकड़ लेंगे, इस बात का मैं तुम्हें वचन देता हूँ," सरमन ने आश्वस्त मुसकान के साथ कहा।

नारद ने सरमन की दृष्टि को एक क्षण अधिक पकड़कर रखा, यह जाँचने के लिए कि कहीं उसके मन में खोट तो नहीं! जब सरमन की आँखें भी स्थिर रहीं, तब वे समझ गए कि वास्तव में सरमन पर विश्वास किया जा सकता था।

"अब चलो, मैं तुम्हें जलपान कराता हूँ। पहली बार तुम मेरे निवासस्थान पर आए हो, तुम बिना कुछ ग्रहण किए नहीं जा सकते। आओ बैठो," उसने उन्हें आमंत्रित करते हुए कहा। "जलपान लाओ, रामू दद्दा!"

रामू दद्दा सरमन के घर के बूढ़े सेवक थे, जिनकी त्वचा झुर्रीदार तथा केश सफेद थे, जो किसी काल में भूरे हुआ करते थे। कुछ ही क्षणों में उन्होंने हाथ में जल का स्त्रोत लेकर प्रवेश किया।

नारद और वर्मन भूमि पर बिछी चटाई पर बैठ गए। वर्मन को नारद सरमन के प्रति बदलता भाव दिखाई दे रहा था। जहाँ नारद सरमन के भोजन, घर और लिखावट की प्रशंसा करते गए, वर्मन का संशय बढ़ता गया। वह सरमन पर इस समय विश्वास नहीं कर पा रहा था।

यहाँ सावित्री ने पूरी घटना अपने पिता को सुनाई। वे अपना सिर पकड़कर रोने लगे और अशक्त पड़ गए। सावित्री ने उन्हें नमक और चीनी के पानी के मिश्रण का सेवन कराया तथा उन्हें शांत करने हेतु उनकी पीठ को हल्के हाथों से सहलाया। जब उत्कर्ष बैठे-बैठे निद्रा में घुलने लगा, तब सावित्री ने उसे बिस्तर पर लिटाकर सुला दिया। इसके पश्चात् वह घर की साफ-सफाई में व्यस्त हो गई और घटना के बारे में विचार करते हुए स्वयं को दोषी मानने लगी। यदि वह चाबियों का ध्यान रख लेती तो कदाचित् यह अनर्थ होता ही नहीं!

सरमन के घर पर जलपान करने के पश्चात् नारद ने सरमन से अपने अशिष्ट व्यवहार के लिए क्षमा याचना की। सरमन ने नारद को आलिंगन देते हुए उनके प्रति सहानुभूति जताई। आज्ञा लेकर नारद और वर्मन अपने घर की ओर चलने लगे। सड़कें पतली थीं और घना अँधेरा था, इसलिए दोनों ने सहजता से कदम उठाए।

"यदि सरमन नहीं, तो अपराधी कौन हो सकता है?" वर्मन ने पूछा।

"मुझे नहीं पता। सभी पहलुओं की जाँच कर हमें इस विषय में विचार करना होगा, तब ही अपराधी को समक्ष ला पाएँगे," नारद ने कहा।

वर्मन ने सहमति में अपना सिर हिलाया। नारद अपने निवासस्थान पहुँचे और उन्होंने पाया कि सावित्री पहले से ही आतुर उनकी राह तक रही थी।

"क्या आपने डकैत को ढूँढ़ लिया?" उसने पूछा।

"नहीं। सरमन और उसके अनुयायी इस घटना के पीछे नहीं थे। निश्चित रूप से किसी और का दुष्कर्म था," नारद ने उत्तर देते हुए घर में प्रवेश किया।

"और कौन कर सकता है?" सावित्री ने पूछा।

नारद चुप रहे, क्योंकि उनके पास उस समय कोई उत्तर नहीं था।

सरमन झूले पर बैठकर पुनः कुछ लिख रहा था।

रामू दद्दा उनके पास गए और कहा, "बाबूजी, हमें आपके बिस्तर पर रखे आभूषणों के साथ क्या करना है?"

सरमन ने मुसकराते हुए कहा, "उन्हें मेरी अलमारी में रख दो। मैं कुछ देर में भीतर आकर सारी व्यवस्था करता हूँ।"

## 2

कुछ महीने बीत चुके थे। यह दूसरी बार था, जब नारद ने अपने प्रधान के नेतृत्व में डकैती का सामना किया था। परंतु इस बार इसका नुकसान निजी स्तर पर हुआ था। अब तक नारद को पता नहीं चल सका कि अपराधी कौन था और इस बार तो उनके हाथ कोई सुराग भी नहीं लगा था। एक गृहस्थ होने के साथ-साथ गाँव के सक्षम प्रधान होने के कारण नारद को एक ही समय में कई चीजों का प्रबंधन करना पड़ता था। उन्होंने इस समस्या को विराम दिया और गाँव में सामाजिक परिवर्तन लाने पर पुनः अपना ध्यान केंद्रित किया। वे इस बात पर गहन विचार किया करते कि कैसे लोगों की सामाजिक मानसिकता में बदलाव लाया जाए और ग्रामीणों को सद्भाव की शिक्षा प्रदान की जाए? नारद राह चलते लोगों से वेदों और उपनिषदों के विषय में प्रश्न पूछने लगे और कैसे उनका ज्ञान जीवन का आधार सिखाता था, इस पर चर्चा करने लगे। कभी वे सामान्य रूप से बात छेड़ते तो कभी व्यंग्य रूप से। ऐसा करने का कारण यह था कि नारद जानना चाहते थे कि प्राचीन वेदों के प्रति ग्रामीण किस स्तर तक शिक्षित थे?

उस दिन नारद एक ग्रामीण के पास गए और कहा, "मैं वेदों और उपनिषदों की संपूर्ण विचारधारा के विरुद्ध हूँ।"

ग्रामीण के माथे पर अकस्मात् बल पड़ा और वह उनके निकट आया। "क्या यह उपनिषद् मंडी में नए प्रकार की मदिरा है? मैं आज पीने के पश्चात् तुम्हें टिप्पणी देता हूँ कि दोनों में से कौन सा अच्छा है," ऐसा करारा उत्तर देते हुए उसने उनके कंधों को थपथपाया।

नारद स्तब्ध रह गए। इससे पहले कि वे कुछ कह पाते, वह मंडी की ओर चला गया। कदाचित् श्रीकृष्ण को भी दुर्योधन को जीवन का मूल्य समझाने का प्रयत्न करते समय ऐसा ही लगा होगा, जैसा उस समय नारद को भास हो रहा था। वे लोगों में परिवर्तन भी देख सकते थे कि इन दिनों लोग जीवन के आधार रूप मूल्यों के अतिरिक्त भौतिकवादी चीजों की सराहना अधिकतम करने लगे थे। इसके लिए एक ठोस कदम उठाना और आनेवाली पीढ़ी की मानसिकता को बदलना नारद को अनिवार्य लगने लगा था।

वर्मन के साथ नारद ने वेदों और उपनिषदों के क्षेत्र में विद्वानों को खोजने के लिए अन्य गाँवों की यात्रा आरंभ की। नारद ने सभी विद्वानों को एकत्रित किया तथा छोटे बच्चों के बीच प्राचीन वेदों का ज्ञान बाँटने की चर्चा की। वे चाहते थे कि आनेवाली पीढ़ी को जीवन के मूल आधार का ज्ञान हो और वे समझ पाएँ कि उनका जीवन किसी उपहार से कम नहीं। नारद युवा पीढ़ी की शैक्षिक वृद्धि और मानसिक विकास का समर्थन करना चाहते थे, क्योंकि इससे उन्हें जीवन की वास्तविक समस्याएँ और उन्हें हल करने के साधनों से अवगत होने में सहायता मिलेगी। इस मूल्य और विश्वास के माध्यम से नारद न केवल वर्तमान, बल्कि समाज की भावी पीढ़ी को भी आकार देना चाहते थे।

"आप इस ज्ञान को बच्चों पर कैसे लागू करने की योजना बना रहे हैं?" वर्मन ने पूछा।

"हम पहले मध्यम आयु वर्ग के पुरुषों और महिलाओं को एकजुट कर शिक्षित करेंगे और फिर उनसे अनुरोध करेंगे कि वे विचारों का शिक्षण संस्थान बनाएँ, जिसमें गाँव का प्रत्येक बच्चा भाग लेगा तथा उन्हें वेदों और उपनिषदों का वास्तविक मूल्य सिखाया जाएगा", नारद ने उत्तर दिया।

"क्या आपको लगता है कि ग्रामीण इसका समर्थन करेंगे?" वर्मन ने भौहें उठाकर कहा।

नारद मुसकराए। "मनुष्य एक बार में अकस्मात् बदलाव का समर्थन नहीं करते हैं, परंतु यदि यह परिवर्तन भविष्य को प्रभावित करता है तो हम इसे हाथोहाथ स्वीकार कर लेते हैं।" नारद के पास यह स्वीकृति सुनिश्चित करने हेतु उचित योजना थी और वे पूरी तरह जानते थे कि किन तरीकों का पालन करना था।

नारद ने अपनी वेदों की पाठशाला की योजना को आगे बढ़ाने के लिए गाँव में बैठक बुलाई और ज्ञान हेतु लिये गए निर्णय को विस्तार से समझाया। "प्रिय ग्रामवासियो, हमारी युवा पीढ़ी के लिए वेद और उपनिषद् अत्यंत महत्त्वपूर्ण हैं, क्योंकि यह वही शस्त्र हैं जिनमें जीवन का मूल आधार स्पष्ट किया गया है। यदि जीवन स्पष्टता से व्यतीत करेंगे तो इसका फल आनेवाली पीढ़ियों को भी प्राप्त होगा। शिक्षित होकर आप दूसरों को भी शिक्षित कर

सकते हैं, समाज के आदर्श नागरिक बन सकते हैं।" सारे उपस्थित लोग अपने प्रधान की बातें ध्यान से सुन रहे थे। "ज्ञान प्राप्त करने के लिए केवल पुरुष ही नहीं, महिलाओं को भी निमंत्रण दिया जाता है, क्योंकि हम ऐसे समाज की रचना करने का प्रयत्न कर रहे हैं जहाँ समानता और न्याय का संतुलन हो और एक-दूसरे के प्रति प्रेम तथा मानवता का भाव हो।" जिस नारद की मीठी-मीठी बातों ने देवताओं को भी सम्मोहित कर लेने की क्षमता थी, उस नारद के लिए मनुष्यों को मनाना गोवर्धन पर्वत उठाने से तो सरल ही था। अंततः इस प्रस्ताव को स्वीकार कर लिया गया और शिक्षकों के पहले समूह को वेदों और उपनिषदों का ज्ञान दिया गया। नारद ने इर्द-गिर्द के क्षेत्रों में भी अन्य ऐसे ही संस्थानों का निर्माण करना आरंभ किया, जहाँ लोगों ने शिक्षा का समर्थन किया। उन्होंने यह भी सुनिश्चित किया कि एक से अधिक गाँव इस प्रस्ताव का हिस्सा बनें, क्योंकि हर व्यक्ति के पास उचित ज्ञान होना अनिवार्य था। यहाँ तक कि वेद और उपनिषदों के शिक्षक बनने के लिए भी इंदु ने स्वेच्छा से ज्ञान वर्ग में भाग लिया। उसके पति रवि और उनके ससुर ने भी शिक्षक बनने और बच्चों को शिक्षित करने के उसके विचार का समर्थन किया। योजना सुचारु रूप से काम कर रही थी। कोई भी विपक्षी इस संचालन के विरुद्ध नहीं था, जिस कारण नारद निश्चिंत होकर अधीक्षण कर रहे थे।

वेदों और उपनिषदों की पाठशाला की स्थापना में उनके सफल उपक्रम के बाद नारद ने अब गाँव की सबसे प्रचलित समस्याओं में से एक को हल करने के लिए अपना ध्यान स्थानांतरित कर दिया। उन्होंने बुद्धिमता से पाठशाला परियोजना के माध्यम से कई गाँवों के प्रधानों को जोड़ लिया था। नारद जानते थे कि अब जल परियोजना को लागू करने का उचित समय आ चुका था।

## 3

नारद अब जल की बाँध परियोजना में अधिक-से-अधिक ग्रामों को एकत्रित करने हेतु आस-पड़ोस के गाँवों का भ्रमण करने लगे। यह वह समय था, जब नारद ने अधिकांश विरोध का सामना किया। कुछ गाँवों ने उनके

पूर्वसर्ग का समर्थन किया, जबकि उनमें से कुछ ने उनके इस समाधान की उपेक्षा करते हुए स्पष्ट नकार दिया। नारद ने गाँवों के प्रधानों को समझाने का पूरा प्रयत्न किया, परंतु योजना के अनुसार बात कुछ बनी नहीं। यद्यपि नारद इस परियोजना को गति देना चाहते थे और इसके प्रति काम करना आरंभ कर चुके थे। सहायक गाँवों के साथ उन्होंने एक प्रस्ताव तैयार किया था, जिसमें प्रत्येक गाँव को नदी के जल का समान वितरण दिया गया। कई बैठकों और अत्यधिक बहस के पश्चात् यह निश्चित हुआ कि प्रत्येक गाँव का नदी के जल पर दो मील तक का नियंत्रण होगा। यह सुनिश्चित करने के पश्चात् कि अन्य गाँवों की आपूर्ति को नुकसान नहीं पहुँचेगा, प्रत्येक गाँव अपने जल संसाधनों का प्रबंधन अपने दम पर करेगा। प्रस्ताव को स्वीकृति मिलने के पश्चात् नारद ने अपने बाँध निर्माण के इस विचार को ग्रामीणों के समक्ष रखा।

"प्रिय गाँववासियो, बाँध हमारी जल की आवश्यकताओं को पूरा करने के साथ-साथ खेती, जानवरों का पेयजल और भविष्य में होनेवाले किसी भी खेदजनक अकाल के लिए जल को संरक्षित करने में भी हमारी सहायता करेगा। हमें शीघ्र-अति शीघ्र बाँध का निर्माण प्रारंभ करना होगा, ताकि हम अगली ग्रीष्म ऋतु में जल के अभाव से लड़ सकें", नारद ने ग्रामीणों को समझाते हुए कहा, जो बरगद के वृक्ष के नीचे बैठकर अपने प्रधान की बातें निष्ठा से सुन रहे थे।

नारद ने यह विचार भी व्यक्त किया कि बाँध परियोजना ग्रामीणों को रोजगार देने में भी सहायक थी। वे ग्रामीणों से अधिक-से-अधिक भागीदारी चाहते थे, क्योंकि अधिकतम भागीदारी यह सुनिश्चित करती है कि बाँध का निर्माण तेजी से किया जाएगा।

"बाँध के श्रमिकों को उनके काम के लिए एक सप्ताह में दो स्वर्ण मुद्राएँ दीए जाएँगी।" नारद की यह बात सुनते ही उपस्थित भीड़ ने अपना आश्चर्य हाँफी लेते हुए व्यक्त किया। "कर्मचारियों को भोजन और पानी की सुविधा दी जाएगी, जब वे कार्यरत होंगे। श्रमिकों को तीन से चार घंटों की पारी में काम करना होगा तथा दिन और रात निर्माण चलता रहेगा। इस अनुसूची का पालन करने से ही बाँध अगले ग्रीष्म तक सज्ज होगा और इसे और कोई नहीं, केवल

आप, मेरे प्रिय गाँववासियो, आप इसे जनहित के लिए खड़ा करेंगे!" तालियों की बड़ी सी लहर उठी। नारद की वाणी ने सबको उत्सुक कर दिया था।

नारद ने सारे मिस्त्रियों को बाँध की मूल योजना बताने के लिए एकत्रित किया। निर्माण की बनावट के अनुसार बाँध में छह फाटक बननेवाले थे। उनमें से दो द्वार जल भंडारण के लिए आवंटित किए गए थे, दो खेती और सिंचाई के लिए और शेष दो पशु तथा दैनिक उपयोग के लिए। नारद ने सुनिश्चित किया कि ग्रामीणों को जल की कमी का सामना न करना पड़े। ग्रामीणों ने नारद की परियोजना का समर्थन किया और बाँध निर्माण में सक्रिय योगदान देने के लिए सहमत हो गए। ग्रामीणों द्वारा किए गए प्रयासों से नारद संतुष्ट थे। बाँध निर्माण के लिए क्षेत्र को सीमित किया गया तथा पंचायत को नियमित किया गया। आषाढ़ पूर्णिमा को जिस स्थान पर बाँध बननेवाला था, वहाँ भूमि पूजन का आयोजन किया गया था। भूमि पूजन के पश्चात् उसी दिन बाँध की नींव का प्रारंभ किया जाएगा, ऐसा निर्णय लिया गया।

हवन में प्रधानजी नारद मुनि अपनी गृहिणी सावित्री संग बैठेंगे, यह भी निर्धारित किया गया। नारद की परियोजना में सरमन और उनके अनुयायियों का कुछ विरोध था, परंतु नारद के अधिकांश मतों को देखते हुए सरमन ने शांत रहने का निर्णय लिया, क्योंकि इस तरह वह नारद की संदेही दृष्टि से बच सकता था। पृष्ठभूमि में अपना राजनीतिक दाँव खेलने का अवसर सरमन इस समय गँवाना नहीं चाहता था।

"तो हम बाँध का विरोध नहीं करने जा रहे हैं?" सरमन के अनुयायियों में से एक ने पूछा।

"कौन कहता है हम नहीं करने जा रहे हैं? हम निश्चित रूप से बाँध का विरोध करने जा रहे हैं," सरमन ने कटु मुसकान के साथ कहा।

"परंतु कैसे?" अनुयायी ने पूछा।

"समय आने पर सब पता चल जाएगा।"

सरमन केवल यह सुनिश्चित करना चाहता था कि ग्रामीणों के सामने नारद की छवि धूमिल हो और इससे उन्हें ग्रामीणों का समर्थन पाने में सहायता मिले। नारद बाँध निर्माण के लिए तैयारियों में तथा चीजों को व्यवस्थित करने

में व्यस्त थे। उन्होंने ईंट, रेत और इस प्रकार की अन्य वस्तुएँ कच्चे पदार्थों के रूप में एकत्रित करने के लिए आस-पास के गाँवों में लगातार भ्रमण किया था।

नारद और सावित्री आषाढ़ी पूर्णिमा की पूर्व संध्या पर भूमि पूजन के लिए बैठे। नारद ने एक सादे सफेद रंग का कुरता और धोती पहनी थी। सावित्री अपनी लाल साड़ी में पूर्ण श्रृंगार करके आई थी। हर कोई इस भव्य दंपती को निहार रहा था, जैसे दोनों की जोड़ी वास्तव में एक-दूजे के लिए ही बनी हो! गाँव के सभी लोगों ने समारोह में भाग लिया। पूजा में हवन और प्रसाद वितरण हुआ। बाँध की पहली ईंट पुराने प्रधानजी और उनके लाड़ले पोते उत्कर्ष द्वारा रखी गई। हर कोई प्रसन्न था। अंततः छह वर्ष पृथ्वी लोक में नारद के रहने के बाद गाँव में जल की किल्लत के सबसे गंभीर मुद्दों में से एक को हल करने में सफलतापूर्वक चिह्नित किया गया था। ग्रामीण अपने नए प्रधान और गाँव के विकास में उनके द्वारा उठाए गए कदमों से संतुष्ट थे। बाँध निर्माण की प्रक्रिया का आरंभ हुआ और लोग गाँव के लिए एक सक्षम बाँध बनाने की दिशा में अथक प्रयास करने लगे। नारद इस तथ्य से पूरी तरह अज्ञात थे कि सरमन और उनके लोग बाँध निर्माण की प्रक्रिया का नाश करने की योजना बना रहे थे। नारद को अभी भी उस अपराधी की तलाश करनी थी, जिसने उनके घर को लूट लिया था। परंतु इस क्षण, सब उचित प्रतीत हो रहा था।

□

# 7

# सूखे का समय

## 1

गाँव के वातावरण को ग्रामीणों के दृढ़ निश्चयी साहस ने महका रखा था। जहाँ सर्वजन नारद द्वारा बताई गई योजना अनुसार अपने परिश्रम में कोई कसर अधूरी नहीं छोड़ रहे थे, वहाँ देखते-ही-देखते कुछ महीने बीत गए और बाँध के छह में से दो द्वार लगभग तैयार हो गए। नारद परियोजना की गति को देखकर संतुष्ट थे और उन्हें अटल विश्वास था कि कुछ ही महीनों के पश्चात् बाँध संपूर्ण रूप से तैयार हो जाएगा। परंतु इस युग में निपुण सुख की प्राप्ति थोड़ी कठिन थी। विकास की तृष्णा का पीछा करते समय नारद का ध्यान इस विषय से वंचित था कि इस वर्ष अन्य वर्षों की तुलना में ग्रीष्म की तीव्रता अधिक थी। चिलचिलाती गरमी ग्रामीणों पर भारी पड़ रही थी, क्योंकि उनके ऊर्जा और परिश्रम की आवश्यकता न केवल बाँध के निर्माण को, बल्कि उनके खेतों को भी थी।

पहले महीनों का नवीन जोश फसल की चिंता के कारण फीका पड़ने लगा था। नारद ग्रामीणों के मन में पनपती निराशा को भाँप सकते थे। पुनः समय आया, नारद का अपने प्रधान पद का कर्तव्य निभाने का। परंतु इस बार वे नहीं जानते थे कि इस उलझी हुई गाँठ को सुलझाने के लिए क्या किया जा सकता था? एक व्यस्त दिन के अंत में नारद रात में छत पर बैठकर इन्हीं विचारों में लीन थे। सावित्री ने देखा कि आज उसके पति अभी तक कक्ष में

नहीं आए। सोते हुए उत्कर्ष के दोनों ओर एक-एक तकिया रखकर, ताकि वह निद्रावस्था में पलंग से गिर न जाए, वह छत पर चली गई। सावित्री की पायल की मंद सी झंकार सुनकर नारद ने एकाएक पीछे मुड़कर देखा कि वह उनकी ओर चली आ रही थी।

"सावित्री, प्रिये, तुम क्यों ऊपर चली आईं?" नारद उठ गए और सावित्री की बाँहें पकड़कर उसे अपने स्थान पर बैठ दिया और स्वयं उसके सामने भूमि पर बैठ गए।

"प्रिय स्वामी, आप क्यों अब तक नीचे नहीं आए?" सावित्री ने मुसकराते हुए कहा, परंतु नारद के मुख के समस्त भाव जैसे उन्हें छोड़कर सृष्टि के भ्रमण पर निकल गए और कोरे नारद मुनि को भूल गए। "आज कौन सी चिंता का पर्वत सिर पर भारी है?"

नारद दीर्घ श्वास लेकर अपनी पीठ को सावित्री के पैरों पर टिकाकर बैठ गए। रात के समय जब ग्रीष्म ऋतु में भी हवा थोड़ी शीतलमय हो जाया करती थी, अब जैसे एक ही साथ थम सी गई थी। माथे के बल को गहरा करते हुए नारद बोले, "मुझे ऐसा प्रतीत हो रहा है कि यह गरमी एक कठोर सूखा साथ लानेवाली है। मुझे ज्ञात है कि प्रत्येक ग्रामीण इस बाँध को बनाने के लिए पूरा प्रयत्न कर रहा है, परंतु वे उतने ही निराश हैं, क्योंकि पुरुषों को खेतों की भी देखभाल करनी होती है, बुवाई की ऋतु भी जल्द ही आ रही है और भूमि भी तैयार होनेवाली है। मैं ग्रामीणों की सहायता करना चाहता हूँ, परंतु बाँध के काम को रोकना भी उचित उपाय नहीं होगा।"

सावित्री नारद के रेशमी बालों में उँगलियाँ फेरते हुए बोली, "किसने कहा कि केवल पुरुष बाँध निर्माण का कार्य कर सकते हैं?"

नारद की आँखें, जो एक पल के लिए अपनी पत्नी के सहलाव में शांतिपूर्वक बंद हो गई थीं, फिर से खुल गईं।

अर्थात्? मैं कुछ समझा नहीं प्रिये," नारद ने कहा।

"महिलाएँ भी तो सहायता कर सकती हैं! यदि समान वेतन एवं उचित कार्यकाल दिए जाएँ तो आपकी सारी समस्याओं का एक ही समाधान हो सकता है। जब महिलाएँ कार्य में हों, तब पुरुषों को खेतों की देखभाल के

लिए भेजा जा सकता है," सावित्री के सुझाव ने इतनी सरलता से नारद के मन की गाँठ को खोल दिया कि वे स्तब्ध रहकर केवल अपनी पलकों को टिमटिमा रहे थे।

"सावित्री, सावित्री!" वे हाथ जोड़कर अपना सिर अपनी पत्नी के समक्ष झुकाते हुए बोले और सावित्री हँस पड़ी।

नारद ने इस सुझाव को ग्रामीणों के समक्ष रखा, कुछ ग्रामीण ऐसे भी थे, जिन्होंने इस सुझाव का विरोध किया, क्योंकि वे पारंपरिक मानसिकता के ऋणी थे तथा उनके अनुसार महिलाओं को केवल घरेलू कार्यों में ही अपना ध्यान केंद्रित करना चाहिए। परंतु खेत की भूमि को तैयार करना भी उतना ही महत्त्वपूर्ण था। अतः सभी लोग सुझाव पर सहमत हुए और यह निर्णय लिया गया कि दिन के चौथे और पाँचवें पहर में महिलाएँ बाँध निर्माण का कार्य सँभालेंगी और पुरुष खेतों पर ध्यान केंद्रित करेंगे। नारद अब अभिमान से फूले न समा रहे थे, क्योंकि उन्होंने ग्रामीणों की एक और समस्या निपटा दी थी।

एक सप्ताह बीत गया और विकास की नींव का उत्तरदायित्व अब महिलाओं के हाथों में भी बँट गया। गाँव की समस्त योग्य महिलाएँ बाँध निर्माण में योगदान देने के लिए सराहनीय कार्य कर रही थीं। सावित्री स्वयं महिलाओं के कार्यकाल के समय निर्माण स्थल पर उपस्थित रहने लगी।

एक दिन जब पंचायत कार्यालय में नारद लागत और बाँध के लिए पंचायत के पास उपलब्ध संसाधनों का प्रबंधन करने के लिए बैठे थे, मुनीमजी नारद के कक्ष में दौड़े चले आए। नारद ने मुनीम की हक्का-बक्का हालत को देखकर कहा, "क्या बात है मुनीमजी? ऐसी कौन सी आपदा है, जिसने आपका यह हाल बना दिया है?"

"पंचायत का खजाना लगभग दो दिनों में खाली होनेवाला है, प्रधानजी।" मुनीम के उत्तर ने तो जैसे नारद के मन में चिंता के प्रलय को पुनः आवेदन दे दिया। अभी-अभी तो एक समस्या का विसर्जन किया था, ये दूसरी गाँठ कुछ समय बाद नहीं उलझ सकती थी? ऐसा सोचकर प्रधानजी की हालत भी कुछ ठीक नहीं थी, परंतु अपने आप पर नियंत्रण रखते हुए उन्होंने पहले मुनीम को अपने समक्ष बिठाया।

"कहीं हिसाब में कोई गड़बड़ तो नहीं?" नारद ने धीमे स्वर में मुनीम की ओर झुकते हुए कहा, जिसकी आँखें नारद की शंका को सुनकर बड़ी हो गईं। "अर्थात्, क्या आप निश्चित हैं इस बारे में?" नारद ने कहा।

"अवश्य प्रधानजी," मुनीम ने ऐसा कहकर अपने बगल में दबे हुए आलेख नारद के आगे प्रस्तुत किए। "यह देखिए, सर्व तत्वों की गणित करें तो यही परिणाम निकलता है कि पंचायत की तिजोरी पर बाँध निर्माण के कारण बोझ पड़ रहा है। धन और अनाज, दोनों की किल्लत होनेवाली है।"

"हम खर्चों को बचाने के लिए क्या कर सकते हैं?" नारद ने अपनी बाँह से अपना पसीना पोंछते हुए कहा।

"हम भोजन में कटौती कर सकते हैं तथा कुछ सप्ताह के लिए ग्रामीणों का वेतन रोक सकते हैं।"

नारद जानते थे कि यह बाधा अत्यंत कठिन है, क्योंकि यदि इसका हल शीघ्र नहीं निकाला गया तो बाँध बने न बने, परंतु उनकी प्रतिष्ठा पर पानी अवश्य बह जाएगा। इतने वर्षों से यहाँ रहकर अनगिनत उलझनें सुलझाई हैं, इसका भी कोई हल अवश्य निकाल ही लेंगे। दीर्घ श्वास लेते हुए वे मन-ही-मन में स्वयं को आश्वासन देने लगे। जैसे ही नारद का मन शांत हुआ, वैसे ही वर्मन भागते हुए अपने साथ एक नए प्रकोप को लेकर आया।

"मित्र! सावित्री दीदी बाँध स्थान पर मूर्च्छित हो गई हैं! हम उन्हें त्वरित घर ले गए, जहाँ सब तुम्हारी प्रतीक्षा कर रहे हैं।"

नारद चौंक उठे और हिसाब-किताब को दूर रखते हुए मुनीमजी से कहा कि वे बाद में इससे निबट लेंगे।

नारद अपने निवासस्थान पहुँचे तो अपने ससुरजी को बरामदे में खड़ा पाया।

"पितामह, सावित्री कैसी है?" नारद ने चिंतित स्वर में हाँफते हुए पूछा।

ससुरजी ने अपने मुख पर एक बड़ी-सी मुसकान लिये, नारद को आलिंगन देते हुए कहा, "अब आप दो बालकों के पिता बननेवाले हैं।" नारद की पीठ थपथपाकर ससुरजी भीतर चले गए।

इतने वर्षों में पहली बार ही नारद का हृदय सुख की छाया में था और

मस्तिष्क जैसे रेगिस्तान के कठोर ग्रीष्म में व्याकुल भटक रहा था। यह कैसी अधीर भावना थी, जो नारद को अपनी दूसरी संतान के सुख को अपनाने से रोक रही थी? यदि ऐसी परिस्थिति में अपना आनंद बाँटने जाएँगे तो स्वार्थी कहलाएँगे। और यदि गाँव के विचार लेकर बैठ जाएँ तो पारिवारिक जीवन पर इसका प्रभाव पड़ेगा, जो उत्तम नहीं होगा! इस असमंजस में नारद भूमि पर बैठ आँसुओं में फूट पड़े।

## 2

नारद अब एक अत्यंत गंभीर स्थिति में थे। वे नहीं जानते थे कि गाँव पर उत्पन्न आर्थिक संकट से कैसे निबटा जाए? ग्रामीणों को यह खबर मिलनी शुरू हो गई थी कि गाँव का खर्च आवश्यकता से अधिक हो रहा था और गाँव को धन की किल्लत का सामना करना पड़ेगा। यह सरमन जैसे लोगों के लिए एक अवसर था, जो इसे नारद के विरुद्ध योजना तथा उनके व्यक्तित्व को ठेस पहुँचाने का एकमात्र अवसर था। नारद एक असहाय अवस्था में थे, उन्हें नहीं पता था कि ग्रामीणों के वेतन का भुगतान कैसे करें?

साथ-ही-साथ, नारद को अपनी प्रिय सावित्री के गर्भवती होने का भी ध्यान रखना पड़ रहा था। गृहस्थी के साथ प्रधानी जब एक ही थाल में जाती थी, तब नारद के जीवन में दुविधा का स्तर थोड़ा बढ़ जाता था।

जहाँ नारद अपने अंदरूनी और बाहरी संसार के बीच संतुलन बनाने का प्रयास कर रहे थे, वहाँ कुछ पुरुषों की सभा बरगद के पेड़ के पास बैठकर नारद के निर्णयों पर तर्क कर रही थी। उनकी बातों को सुनकर आता-जाता व्यक्ति भी खड़ा होकर उनके साथ विचार-विमर्श करने लगता।

"मुझे लगता है, अपने प्रधान ने इस गाँव का धन पड़ोसी गाँव में भेज दिया है! वहाँ का प्रधान तो है ही एक भिक्षुक। उसे केवल हमारे गाँव से लेना आता है, परंतु कभी वापस नहीं देता," एक ग्रामीण ने खीजते हुए उपस्थित लोगों से कहा।

"मुझे लगता है कि दोष हमारे प्रधान का है। हो सकता है कि वह हमारे

विश्वास का अनुचित लाभ उठा रहा हो! हम तो बिना किसी विचार के उसकी सबसे महत्त्वपूर्ण परियोजना के लिए बाँध बनाने में कूद गए और अब देखो, हमारा गाँव बदला कैसे चुका रहा है! कहाँ हम उसे कृष्ण माने बैठे थे, जो अपने लोगों के साथ खड़ा रहकर गोवर्धन पर्वत तले हमारी रक्षा करेगा, परंतु यह तो कटु कंस निकला, केवल अपने बारे में सोचता है!" दूसरे ग्रामीण ने धिक्कारते हुए कहा।

सरमन समूह के समीप से गुजर रहा था। जब उसके कानों पर उनकी बातें पड़ीं तो वह समूह के पास आकर बैठ गया। सरमन को पता था कि ग्रामीण नारद के अनुत्तरदायी व्यवहार की चर्चा कर रहे थे।

तब उसने नारद के बचाव में कहा, "हमारे प्रधानजी बहुत सी चीजों का प्रबंधन करने का प्रयत्न कर रहे हैं और हमें उनका समर्थन करना चाहिए। क्या हम इतना भी नहीं कर सकते?"

ग्रामीणों ने असहमति में अपना सिर हिलाया। सरमन ने लोगों के मन में अपनी छाप छोड़ने के लिए इसे एक अवसर रूप में उपयोग किया।

एक दिन जब नारद अपने खेत में अपने माथे पर हाथ रखकर चिंतित बैठे थे, सरमन उनसे मिलने गया और समीप बैठ गया।

"मित्र, तुम अत्यंत चिंतित दिखाई पड़ रहे हो। कहो, मैं किस प्रकार तुम्हारी सहायता कर सकता हूँ?" सरमन ने पूछा। नारद अभी भी अपनी दुविधा में लीन थे तो केवल 'ना' कहते हुए उन्होंने अपना सिर हिलाया।

"क्या मुझे तुम मुझे मित्र के रूप में अपना विश्वासपात्र नहीं मानते?" सरमन ने उनके कंधे पर हाथ रखकर कहा।

नारद ने सरमन को घटना की पूरी श्रृंखला का वर्णन किया एवं उसे बताया कि उसने केवल यह सोचा कि गाँव की भलाई के लिए क्या सही होगा।

"मैं इस बाँध की योजना बनाने में इतना व्यस्त हो गया कि मुझे ज्ञात ही नहीं हुआ कि यह गाँव के खर्चों में बाधा डाल लगा देगा!" सरमन को सारी कथा सुनाते हुए नारद की आँखों में अश्रु भर आए।

"कौन सी वस्तु में विशेष रूप से सबसे अधिक धन लगता है?" सरमन ने पूछा।

"आमतौर पर ईंट और लोहा ही हमें बहुत महँगा पड़ता है। फिर श्रमिकों के लिए भोजन प्रदान करना भार पैदा कर रहा है।"

इसके विपरीत, सरमन और नारद दोनों को ज्ञात था कि सूखे के लक्षणों ने स्थिति को बदतर बना दिया था।

सरमन ने नारद को प्रस्ताव दिया कि वह गाँव के खजाने में धन प्रदान करेगा और यह सुनिश्चित करेगा कि बाँध के लिए श्रमिकों को भोजन दिया जाए। सरमन ने इस बारे में विचार करके अनुमति देने के लिए नारद को एक दिन का समय दिया। नारद सरमन द्वारा दिए गए प्रस्ताव का मंथन करते हुए घर वापस चले गए। भोजन के समय जब सावित्री रोटियाँ बना रही थी और नारद भूमि पर बैठकर सेवन कर रहे थे, तब उन्होंने सावित्री से इस विषय पर चर्चा करना उचित समझा।

आप यदि अतीत में झाँककर देखें तो आपको ज्ञात होगा कि उसने हमेशा आपको नीचा दिखाने का प्रयास किया है। उसने सदैव आपका विरोध किया है, क्या आपको लगता है, सरमन से धन की सहायता लेना वास्तव में उचित है? सरमन और उसके परिवार ने सदैव अपने स्वार्थ को ही आगे रखा है। वे लोग आवश्यकता पड़ने पर गाँव की सहायता करते हैं और फिर हमें उनका ऋणी बना लेते हैं। कोई भी अनुमति देने से पूर्व इस बात को अपनी दृष्टि में अवश्य रखें, स्वामी," सावित्री ने कहा।

"परंतु उसके मन में परिवर्तन आ गया है। प्रिये, वह तो केवल मेरी सहायता करने का प्रयत्न कर रहा है।"

"माता सीता भी साधु के वेश में रावण को नहीं पहचान पाई थीं। आप तो इस तथ्य से स्पष्ट रूप से परिचित होंगे", सावित्री ने उनकी थाली में रोटी रखते हुए उत्तर दिया।

"सीता मैया को वन की देखभाल नहीं करनी थी, परंतु मुझे इस गाँव की आवश्यकताएँ पूरी करनी हैं।" नारद थाली से उठकर चले गए।

उस रात जब सब गहरी निद्रा में थे, नारद के घर के द्वार को किसी ने खटखटाया। नारद ने द्वार खोलकर देखा तो स्तब्ध रह गए। एक बूढ़ा व्यक्ति हाथ जोड़कर आँखों में आँसू लिये वहाँ उपस्थित था।

"प्रधानजी, मेरी पत्नी बहुत बीमार हैं और हमने पिछले पाँच दिनों से कुछ भी नहीं खाया है। मेरे पास उसे खिलाने को न अनाज है और न अनाज मोल लेने के लिए धन। इस सूखे ने मुझे आपके द्वार का रास्ता दिखाया प्रधानजी। कृपा करें प्रधानजी, मेरी कुछ सहायता करें," रोते हुए वह उनके पैरों में गिर गया।

नारद का हृदय इस दृश्य को देखकर टूट गया था। बूढ़े आदमी को अपने पैरों पर पुनः खड़ा कर उसे प्रतीक्षा करने को कहा। भीतर जाकर तुरंत उन्होंने दाल और चावल से भरा झोला भेंट में दे दिया। नारद ने अब ठोस निर्णय लिया था।

## 3

उस रात नारद को बिल्कुल नींद नहीं आई, छत पर बैठकर नारद ने स्वयं को उस स्थिति के लिए दोषी ठहराया, जिस आपदा से गाँव गुजर रहा था। सभी पेशेवरों और विपक्षों के बारे में सोचते हुए नारद ने उन सारे विकल्पों का विचार किया, जिससे इस समस्या से निकालने का समाधान किया जा सकता था। परंतु अंत में कोई अन्य स्रोत नहीं मिलने के कारण नारद ने सरमन की सहायता लेने का निर्णय किया। इतने विचार के पश्चात् उन्हें यह तो ज्ञात हो गया था कि इससे उनकी प्रतिष्ठा को ठेस पहुँचेगी तथा हर कोई कहेगा कि हमारे प्रधान तो एक ऐसे हारे हुए व्यक्तित्व थे, जिसे अपने विपक्षी की सहायता लेनी पड़ी! परंतु अब नारद के पास शेष कोई और मार्ग नहीं था।

अगली सुबह, वे सरमन के निवासस्थान पहुँच गए। नारद को देखकर सरमन के मुख पर प्रसन्नता की एक व्यापक मुसकान बिखर गई। नारद अब भी थोड़े चिंतित थे। पिछली रात को हुई घटना उन्हें लगातार खाए जा रही थी और वे इस भय में बँधे थे कि कहीं किसी दिन स्वयं को सहायता के लिए किसी के द्वार पर जाना पड़ा तो क्या होगा? नारद को यह भी ज्ञात था कि गाँव की सहायता करने के लिए, जो उनके परिवार समान था, उन्हें सरमन का

सहायक हाथ पकड़ना पड़ गया था। रात को आए बूढ़े और सुबह आए नारद में कोई अंतर दिखाई नहीं दे रहा था।

सरमन के बरामदे में बैठकर नारद ने उसकी सहायता के प्रस्ताव को स्वीकार किया। सरमन गाँव की भलाई करने हेतु अत्यंत आतुर था। वह तुरंत अपने कमरे के भीतर जाकर सोने की मुद्राओं की एक छोटी सी पोटली लाया तथा उसे अपने पहले आधिकारिक दान के रूप में नारद को अर्पित कर दिया।

"एक और बात मित्र", सरमन ने कहा। "इस देन का उल्लेख पंचायत के किसी प्रलेख में मत करना।"

"किंतु तुमने गाँव की सहायता की है सरमन और तुम्हें इसका श्रेय अवश्य प्राप्त होना चाहिए," नारद ने तर्क दिया।

"उल्लेख करना ही है तो अनाम रूप से करना। मुझे किसी प्रकार की प्रशंसा नहीं चाहिए। इसे तो मेरा धर्म ही समझो," सरमन ने हाथ जोड़कर कहा।

"परंतु!"

"मान जाइए प्रधानजी, पिछले पापों का प्रायश्चित करने का अवसर दीजिए," सरमन हँस पड़ा और नारद को भी उसकी बात माननी पड़ी।

सरमन के दान के बाद, बाँध परियोजना का काम पुनः आरंभ किया गया। पंचायत का खजाना अब नियमित हो गया था और नारद पूरी तरह से सरमन के ऋणी थे, क्योंकि अगर उन्होंने नारद की सहायता नहीं की होती तो न केवल उनकी प्रधानी पर सवाल खड़े होते, बल्कि उनका सारा गौरव और सम्मान भी मिट्टी में मिल जाता। सरमन नियमित रूप से बाँध निर्माण स्थल पर विचरण करने लगा और नारद के साथ अच्छा तालमेल बनाने लगा। वर्मन सरमन के प्रति नारद के बढ़ते प्रेम को देख सकता था। हालाँकि, उन्होंने इसे प्रदर्शित नहीं किया था, परंतु वर्मन नारद से बहुत असंतुष्ट थे।

पिछले कुछ दिनों से नारद का व्यवहार वर्मन के प्रति ऐसा था, जैसे कि वह कोई नौकर हो! वे दाएँ-बाएँ कोई-न-कोई आदेश देते ही रहते। 'सरमन और हमारे लिए चाय लाओ' या 'पड़ोसी गाँव से कच्चे पदार्थ मोल

ले आओ'। जो कभी वर्मन के प्रिय मित्र हुआ करते थे, अब दुष्ट सरमन की संगत के आदि होकर उससे दूर चले जा रहे थे। एक दिन वह सावित्री के पास गया, जो सब्जी काटने में व्यस्त थी।

"नारद बहुत बदल गए हैं, सरमन के साथ उनकी बढ़ती मित्रता मुझे विपदा की भावना का संकेत दे रही है," वर्मन ने कहा। "आपको क्या लगता है?"

सावित्री ने वर्मन की बात से सहमति जताते हुए अपना सिर हिलाया, परंतु उसने अपने पति के विषय में कुछ भी भला-बुरा न बोलना उचित समझा।

"मैंने उन्हें सरमन से ऋण लेने के विरुद्ध चेतावनी दी थी तथा किसी अन्य तरीके से गाँव की समस्या का हल निकालने का सुझाव दिया था। यदि सरमन के मन में अभी भी खोट है तो वह किसी भी प्रकार से अब हमारा दुरुपयोग करेगा, क्योंकि हम तो केवल उसके ऋणी हैं," सावित्री ने साधारण स्वर में उत्तर दिया। "परंतु यदि आप भी उनके विकल्प से इतने असंतुष्ट हैं तो उनसे बात क्यों नहीं करते?"

"मैंने भरपूर प्रयास किया, परंतु वे अब मुझे कोई उत्तर नहीं देते। वर्मन तो अब उनके लिए केवल एक नौकर है, जो चाय, जल, भोजन और कच्चे पदार्थ लाता है। एक काल ऐसा था कि मैं और नारद हर जगह साथ जाया करते थे, परंतु अब वे केवल मुझे आदेश दिया करते हैं।" वर्मन की आवाज में एक दुखद भाव था।

सावित्री समझ सकती थी कि वर्मन को इस बदलाव से उसके मन को भारी ठेस पहुँची थी।

"यदि आप वास्तव में इस स्थिति से पराजित हो गए हैं, तो आपको प्रयत्न करना बंद कर देना चाहिए और सबकुछ प्रभु छोड़ देना चाहिए। मैं जानती हूँ, ऐसा करना आपके लिए सरल नहीं होगा, परंतु कदाचित् वे अपनी भूल से परिचित होंगे," सावित्री ने कहा।

उस दिन के बाद से, वर्मन ने बाँध पर बिल्कुल भी दिखना बंद कर दिया। नारद ने इस पर ध्यान दिया और उन्हें भास हुआ कि कुछ अनुचित हुआ था।

जब वर्मन मंडी में मिला, तब नारद ने उससे पूछा, "तुम बाँध पर क्यों नहीं आ रहे हो?"

"मुझे लगा कि अब सरमन का सहारा है तो आप उसी की सहायता लेंगे। अब आपको मेरी क्या आवश्यकता?" वर्मन ने मुसकराते हुए कहा। ऐसा उत्तर सुनकर वे उसका असंतोष भाँप सकते थे।

"सरमन तो केवल एक मित्र है। तुम मेरे भ्राता समान हो वर्मन," उन्होंने कोमल स्वर में कहा।

वर्मन जोर से हँस पड़ा। "परंतु मैंने तो सुना है कि कोई भी अपने भ्राता को सेवक समझकर उसे कठपुतली की तरह अपने आदेश पर नहीं नचाता?"

नारद की जिह्वा पर अब क्रोध हावी हो गया था। "मैंने तुम्हें कभी अपने सेवक के रूप में नहीं माना, सरमन!"

वर्मन ने मुसकराना बंद कर दिया और धीमे स्वर में कहा, "वर्मन।"

"अर्थात्?" नारद ने चिढ़कर कहा।

"अर्थात्, सरमन के नाम का अंधविश्वास जो आपके मस्तिष्क पर सवार है, वह शीघ्र ही टूटेगा। और तब यदि आप मुझे मेरे नाम से पुकार भी लेंगे तो मैं कदाचित् सुनूँगा भी नहीं।"

□

# 8

# नारद और वर्मन

## 1

सावित्री के गर्भावस्था के नौ महीने लगभग पूरे हो चुके थे। नारद घर को सँभालने में व्यस्त थे और उन्होंने बाँध निर्माण का सारा कार्यभार सरमन को सौंप दिया था। नारद सरमन से साप्ताहिक या कभी-कभी दैनिक हाल-चाल ले लिया करते थे। एक वर्ष सम्पन्न हो चुका था और गाँव की भूमि पर वर्षा की दो बूँद भी न गिरीं। पानी का अभाव अब धीरे-धीरे लोगों को असहाय बना रहा था। नारद के सिर पर चारों ओर के उत्तरदायित्वों का भार प्रतिदिन ऐसे बढ़े जा रहा था, जैसे हर सूखती पानी की बूँद का ऋण भी उन्हें ही चुकाना था। कुशल समय में कदाचित् ही किसी का स्मरण होता है, क्योंकि जब मनुष्य आनंद से घिरा हो, तब उसे किसी वस्तु की अनुपस्थिति का भास नहीं होता। परंतु जब समय कठोर परीक्षा लेने पर अटल हो जाता है, तब सर्वप्रथम अपने साथी, अपने मित्र का ही स्मरण करता है। सरल शब्दों में कहें, तो अब वह समय आ गया था, जब नारद मन-ही-मन अपने उस प्रिय मित्र को पुकार कर रहे थे, जिसने न केवल नारद के समस्त कार्यभार का आधा हिस्सा साझा किया, बल्कि स्वयं अधिकतम तनाव अपने सिर लेकर नारद की गृहस्थी को हर आपत्ति से भी बचाया। वर्मन की अनुपस्थिति अब उन्हें खल रही थी।

सावित्री का स्वास्थ्य उसकी दूसरी गर्भावस्था होने के कारण नरम पड़ने

लगा था। वैद्यजी ने शेष के महीने में उसे अधिक-से-अधिक विश्राम करने को कहा। उत्कर्ष भी दो वर्ष का हो गया था और अब वह चलने लगा था। उसके पैर रोके नहीं रुकते थे। खेल-कूद में उसकी रुचि बढ़ती जा रही थी, जिस कारण नारद का ध्यान बँटा हुआ रहता था। सबको भोजन खिलाकर, उत्कर्ष के पीछे दौड़-दौड़कर उसके मुँह में निवाले देकर वे इस विचार में रहते कि कैसे परिवार बनाना विश्व के सबसे कठिन कार्यों में से एक था! यहाँ रात को रसोई समेटकर नींद आती ही थी कि वहाँ सूर्योदय जैसे कुछ ही क्षणों में हो जाता था। कई बार वे सूर्य की ओर देखकर मन-ही-मन कहते, 'कभी थोड़े विलंब से ही आ जाया करो!' फिर उत्कर्ष को नहलाना, सावित्री का ध्यान रखना, ससुरजी की सेवा करना। इस सबसे उन्हें कोई आपत्ति नहीं थी, परंतु खेत और गाँवभर के अन्य उत्तरदायित्व भी उन्हें पुकार रहे थे, जिस कारण वे अकेले पड़ गए थे। यदि कोई होता, जो उनके आधे कार्य अपने सिर ले लेता तो उन्हें बहुत सहायता मिल जाती! वर्मन होता तो खेत अवश्य सँभाल लेता, परंतु जिस प्रकार उसने उनसे बात की थी, उनके मन में विचित्र सी खटास पैदा हो गई थी। इस कारण उन्होंने इंदु को कुछ दिनों के लिए घर बुला लेना उचित समझा, ताकि सावित्री का भी मन बहल जाए और उन्हें भी खेतों की देखरेख करने का अवसर मिले।

दूसरी ओर, जब नारद अपने निजी जीवन में व्यस्त थे, सरमन ने बाँध परियोजना का कार्यभार ले तो रखा था, परंतु उसका ध्यान अपनी तुच्छ योजनाओं को सफल करने में लगा था। सरमन ने अपने अनुयायियों को गाँव के चारों ओर अपने नाम की प्रशंसा करने का आदेश दिया, जिससे लोगों के मन में नारद फीके पड़ जाएँ और सरमन के लिए एक नवीन, उत्तम स्थान बन जाए।

दिन के अथक परिश्रम करनेवाले ग्रामीण बाँध के पास बैठ गए, जहाँ उन्हें दोपहर का भोजन परोसा गया। सरमन के समर्थक राजू के लिए उसके नेता का गुणगान भोजन में नमक समान मिलाकर सबको खिलाने का यह उचित अवसर था।

"पता नहीं किसे अपना धन्यवाद अर्पित करूँ, अन्न देवता को या स्वामी

सरमन को, जिनके कारण आज हमारी थाली में भोजन प्राप्त हुआ है!" राजू ने कहा। उसके पास बैठे गाँववाले उलझन में थे और नहीं जानते थे कि वह क्या कहना चाह रहा था?

"तुम्हारे कहने का अर्थ क्या है?" एक ग्रामीण ने सबके मन की बात कह दी।

"अर्थ तो ऐसे पूछ रहे हो जैसे तुम्हें कुछ ज्ञात ही नहीं! पिछले कुछ दिनों से ग्राम पंचायत का खजाना दिवालिया हो चुका है," राजू ने मुँह में रोटी का निवाला रखते हुए कहा।

"यह तो सबको पता है परंतु सरमन ने ऐसा क्या कर दिया, जो उसे धन्यवाद दे रहे हो?" दूसरे ग्रामीण ने कहा।

"तो क्या प्रधानजी को दें, जिन्होंने सरमनजी से धन और अन्न का ऋण लेकर अपने नाम का ठप्पा लगाया है?"

किसी के हाथ थाली में तो किसी के मुँह तक के रास्ते में ही रुक गए। सारे उपस्थित गाँववासी स्तब्ध रह गए। "असत्य बातें करना उचित नहीं है, वह भी गाँव के प्रधान के बारे में, जिन्होंने हमारे हित को सबसे ऊपर रख इस बाँध का भी निर्माण करवाया!" किसी ने नारद का समर्थन किया।

"हित को तो ऊपर रखना ही पड़ता है, नहीं तो ऐसे घुसपैठिए को कब का तुमने ही गाँव से निकाल दिया होता, "राजू ने तर्क किया। सब धीरे-धीरे भोजन कर रहे थे, क्योंकि इतनी संदेहजनक बात चबाने में थोड़ी ठोस थी। "अब आप लोग ही विचार कीजिए," उसने मीठे स्वर में कहा, "कि परियोजना बनाना कठिन कार्य है या उसे प्रलेख से भूमि पर खड़ा करना? जब बाँध बनाने का समय आया तो परिश्रम किसका लगा? आपका, मेरा, यहाँ तक कि हमारी पत्नी और बहनों का भी। परियोजना भी ऐसी बनी कि पंचायत का धन सात ही महीनों में समाप्त! इतना पसीना बहाकर भी क्या प्राप्त हुआ? दो मुद्राएँ; और वह भी कितने दिनों पश्चात्," वह हँसने लगा। "आप ही विचार करो, यदि सरमनजी अपने महासागर समान हृदय के सहित हमारे जीवन में नहीं आते तो न प्रधान की कोई सहायता होती,

न हमारी। बाँध तो धरा का धरा ही रह जाता, परंतु सरमनजी के रहते हुए सब संभव है।"

हर कोई उसके शब्दों को जल सहित पीने लगा। एक-दूसरे को देख वे कोई उत्तर अपने प्रधान के समर्थन में देना चाहते थे, परंतु यह अर्धसत्य उन्हें यथार्थ लगने लगा था। आज तक प्रधानजी ने सदैव ग्रामीणों को पंचायत की किसी बात से अज्ञात नहीं रखा था। इसलिए वे जानते थे कि धन और अन्न में किल्लत क्यों हुई थी। और अब इस पुरुष की बातों ने उन्हें जैसे उस अंधकार से जाग्रत किया था, जिसमें उनके अपने प्रधान ने ही उन्हें धकेल दिया था। उपस्थित भीड़ ने इस मुद्दे पर चर्चा करना आरंभ किया और एकमत से निश्चय लिया कि प्रधानजी के समक्ष इस बात को रखेंगे, परंतु कब, यह कोई नहीं जानता था। भोजन का समय समाप्त होते ही सब निष्ठापूर्वक अधूरे बाँध की ओर उसे पूरा करने के लिए चले गए।

रमेश, जो बाँध परियोजना के समय बनाई गई समिति का सदस्य था और जिसका कर्तव्य बाँध निर्माण निर्धारित योजना के अनुसार बने, इस पर निगरानी रखना था, वह सरमन के पास आया।

"अब क्योंकि प्रधानजी ने आपको नियुक्त किया है, तो आपको यह कहने आया हूँ कि कच्चे पदार्थ कल तक समाप्त हो जाएँगे और अभी भी दो द्वार बनने शेष हैं। ईंटों और पत्थरों की आवश्यकता है," उसने कहा।

"कल तक पश्चिम वाले गाँव से पदार्थ मँगवा दूँगा। आज का कार्य संपन्न कर लो," सरमन ने अपनी दृष्टि उससे परे रखते हुए कहा।

"परंतु सारे पदार्थ तो इंदु के ससुराल से आते हैं। पश्चिम गाँव के पत्थर भंगुर होते हैं।"

"आदेश आज का कार्य सम्पन्न करने का था, मेरे साथ तर्क-वितर्क करने का नहीं", सरमन ने उससे आँखें मिलाकर कटाक्ष स्वर में उत्तर दिया और वहाँ से चला गया। रमेश कुछ कर नहीं सकता था, क्योंकि कहीं-न-कहीं वह मान गया था कि प्रधानजी ने वास्तव में सरमन से ऋण लिया था और इसलिए वह परियोजना की लागत का ध्यान रख रहा था।

भोजन के समय हुई चर्चा को मानो पर निकल आए थे, क्योंकि अब वही

बातें, जो पहले मात्र बीस जनों के अंतर्गत हुई थीं, अब समस्त गाँव के मन में उनके प्रधान की योग्यता के संदेह का बीज रोपने लगी थीं। धीरे-धीरे गति लेते इस बवंडर से नारद अनभिज्ञ थे। वे तो गाँव से संबंधित बातों में भाग लेने से भी ऐसे पीछे हट रहे थे, जैसे प्रधानी से विराम लेने की इच्छा हो। या ऐसा भी हो सकता था कि एक विपत्ति दूसरी विपत्ति के लिए पथ को रिक्त रखते हुए अपने समय की प्रतीक्षा कर रही थी।

इसी अज्ञानता के परमानंद के पलंग पर नारद अपनी प्रिय पत्नी और पुत्र के पास सो रहे थे। सावित्री की आँखें उसके गर्भ में हुई तीव्र पीड़ा के कारण अकस्मात् खुल गईं। उसके कराहने की आवाज सुनकर नारद भी एकाएक उठ बैठे।

"सावित्री! क्या हुआ?" वे तुरंत उसकी ओर जाकर उसके माथे से झरते पसीने को अपने काँपते हाथों से पोंछने लगे। सावित्री के मुख से शब्द तब निकलते, जब उसके कंठ में अटकी पीड़ित कराहटें उसे कुछ बोलने देतीं। उत्कर्ष इस हलचल में उठ गया और ऐसे दृश्य को देखकर फूट-फूटकर रोने लगा।

"कुछ नहीं हुआ पुत्र, शांत हो जाओ," नारद अधीर स्वर में उत्कर्ष को चुप करने का प्रयत्न करने लगे, परंतु वह और जोर से रोने लगा।

"हे प्रभु, इंदु! इंदु!" नारद ने सावित्री का हाथ पकड़कर उसकी पीठ को सहलाते हुए आवाज लगाई। इंदु हड़बदहट में कक्ष के भीतर आई।

"जीजी!" वह अपने दुपट्टे से सावित्री को हवा देने का प्रयत्न करने लगी।

"तुम यहाँ रुको, मैं वैद्यजी को लेकर आता हूँ," ऐसा कहकर नारद ने रोते हुए उत्कर्ष को गोद में लिया और कक्ष के बाहर चले गए। बैठक में ससुरजी चिंतित भाव में उपस्थित थे।

"सावित्री को पीड़ा होने लगी क्या?" उन्होंने नारद से पूछा।

"जी पिताजी, आप उत्कर्ष को सँभालें, मैं वैद्यजी को लेकर आता हूँ, "माँ को पुकारते हुए उत्कर्ष को उसके नाना की गोद में सौंपकर नारद वैद्यजी के घर की ओर दौड़ पड़े। रात के गहन अँधेरे में अपना विचलित मन लिये जैसे-तैसे वैद्य के घर पहुँचे और हड़बड़ी में द्वार खटखटाने लगे। वैद्यजी की

पत्नी ने ऐंठे मुख के साथ द्वार खोला, परंतु प्रधानजी को देखते ही वह चकित रह गई।

"कृपया वैद्यजी को बुलाइए", उन्होंने हाँफते हुए कहा।

"क्षमा कीजिएगा, प्रधानजी, परंतु वे किसी कार्य से पड़ोसी गाँव में उनके मित्र के घर गए हैं और कल सुबह ही लौटेंगे," उसने उत्तर दिया। नारद लाचार पड़ गए थे। यदि उनके पास बैल गाड़ी होती तो वे त्वरित वहाँ जाकर वैद्य को ले आते। परंतु इस समय बैल गाड़ी माँगे तो माँगें किससे? उनकी चिंता भरी आँखों में अकस्मात् ही एक नया तेज आया। कुछ ही दूरी पर एक मित्र का घर था, जहाँ पहुँचकर वे द्वार खटखटाने लगे।

"मुझे तुम्हारी आवश्यकता है," वर्मन के द्वार खोलते ही उन्होंने कहा। नारद की दशा देखकर उसे भान हो गया था कि अवश्य कुछ बहुत संगीन हुआ था।

"क्या हुआ?" वर्मन ने पूछा।

"सावित्री पीड़ा में है और वैद्यजी पड़ोस के गाँव में ठहरे हुए हैं। कृपया उन्हें यहाँ लाने में मेरी सहायता करो।"

वर्मन ने बिना किसी विचार के सिर हिलाते हुए बैलों को उठाया और नारद को बैठ जाने को कहा। यात्रा के समय नारद के मुख से कोई उच्चारण नहीं हुआ, क्योंकि वे अपने मन में स्वयं के प्रति उठती ग्लानि की भावना को घोटने का प्रयत्न कर रहे थे। न कभी वे वर्मन के साथ दुर्व्यवहार करते और न आज उन्हें इस विचित्र सी अशांति का भाग बनना पड़ता! वर्मन ने भी किसी विषय पर बात नहीं छेड़ी, क्योंकि ऐसे समय में उसे कोई विषय उचित लगा ही नहीं।

आधी रात को वैद्य की पत्नी द्वारा बताए गए पते पर पहुँचकर उन्होंने अर्ध निद्रावस्था में उपस्थित वैद्य को सारी बात बताई और बैल गाड़ी में लेकर त्वरित अपने घर की ओर निकल पड़े। आँगन में पैर रखते ही उन्हें सावित्री की चिल्लाहट सुनाई दी। नारद विचलित होकर वैद्य को भीतर ले गए।

"चिंतित न हो, जन्म होनेवाला है। बस प्रतीक्षा करें, "ऐसा कहकर वैद्यजी कक्ष के भीतर चले गए। नारद और ससुरजी बाहर बैठकर सावित्री की कराह

को सुन रहे थे और सामग्री लेकर इधर-से-उधर भागती इंदु को देख रहे थे। उत्कर्ष चलकर नारद के पास आया। उसके गाल अब भी अश्रुओं से गीले थे, परंतु उसने रोना बंद कर दिया था। नारद को लगा कि अब वह उनसे कोई प्रश्न करेगा, जिसका उत्तर वे नहीं दे पाएँगे। परंतु उत्कर्ष केवल उनकी गोद में बैठकर अपना अँगूठा मुँह में दबाकर सो गया। क्षणभर के लिए नारद को लगा, जैसे उत्कर्ष जानता था कि उसके पिताजी के पास इस समय कहने के लिए कोई शब्द नहीं हैं। उनके विपरीत वाली दीवार के पास बैठे वर्मन की ओर आभारी दृष्टि से देखकर, उत्कर्ष को सहलाते हुए उन्होंने भी अपनी आँखें मूँद लीं।

आकाश तथा घर में छाया हुआ अँधेरा अब छँटने लगा। रात्रि का पहर समाप्त हो चुका था और सूर्योदय होनेवाला था। आज नारद मन-ही-मन सूर्य की निंदा नहीं कर रहे थे। अंदर से एक रोने की आवाज अब सबके मुख पर मुसकान ले आई। सब अपने स्थान से उठकर कक्ष की ओर आँखें गड़ाए खड़े थे। नारद ने दीर्घ श्वास लेकर सर्वप्रथम वर्मन को आलिंगन दिया और कक्ष में चले गए। वर्मन स्तब्ध रह गया।

"थालियाँ पीटो प्रधानजी, पुत्र हुआ है," वैद्यजी ने बालक को श्वेत कपड़े में लपेटकर नारद को दे दिया। पुनः एक बार आँखों में अश्रु लिये नारद अपनी दूसरी संतान को एकटक देखे जा रहे थे।

"इस बार आपकी नाक है, स्वामी, "सावित्री ने परिश्रांत मुसकान देते हुए कहा। नारद ने आँसुओं के साथ हँसते हुए हामी भरी।

"उत्कर्ष के छोटे का कोई नाम भी होगा?" इंदु ने नारद से पूछा, जिन्होंने अपने आँसू पोंछकर इंदु की ओर देखा।

"वर्मन।"

## 2

"क्या यह सत्य है कि तुमने अपने पुत्र का नाम वर्मन रखा?" "हाँ," नारद ने मुसकराते हुए उत्तर दिया। शिशु को सावित्री के निकट छोड़कर वे अब बाहर आ गए थे। ससुरजी और इंदु कक्ष के भीतर उत्कर्ष का मिलाप

अपने छोटे भ्राता से करा रहे थे। बैठक में अब केवल दो पुरुष और उनकी पुरातन मैत्री उपस्थित थी। वर्मन की आँखें भर आईं। उसने सीधे जाकर नारद को आलिंगन दिया और उनके कंधे में मुख छिपाकर रो पड़े। नारद ने उसकी पीठ सहलाते हुए अपने आपको नियंत्रित किया।

"पता नहीं क्यों, मैं भटक गया था मित्र। यह तो मेरा सौभाग्य है कि तुमने फिर भी मेरी सहायता की, "नारद ने वर्मन के कंधों को पकड़कर कहा।" तुम्हारा हृदय वास्तव में बहुत बड़ा है। यदि हो सके तो मुझे कृपया क्षमा करना।" वर्मन ने सिर हिलाते हुए नारद के जोड़े हुए हाथों को नीचे किया।

"क्षमा याचना तो वे करते हैं, जो अपरिचित होते हैं। हम तो फिर भी मित्र हैं। पुत्र प्राप्ति की शुभकामनाएँ," वर्मन ने कहा। कुछ क्षण और अपनी लौटी हुई मित्रता का उत्साह मनाकर वर्मन अपने घर चले गए।

कुछ समय के विश्राम के पश्चात् नारद अत्यंत शिथिलता से छत पर बैठे थे, परंतु उनका मन मिश्रित भावनाओं में घुला हुआ था। एक ओर वे स्वयं को भाग्यशाली समझ रहे थे कि उन्हें एक और संतान के पिता बनने का सुख प्राप्त हुआ, परंतु गाँव की दयनीय स्थिति को देखते हुए अपने निजी सुख की मिठास उनसे चखी नहीं जा रही थी। इतने दिनों से प्रधानी पर लगे हुए अर्धविराम को हटाने का समय आ गया था।

नारद के पैर आज बड़े समय बाद बाँध की ओर चलने लगे। रास्ते में हर व्यक्ति उन्हें बधाई दे रहा था। सब अपने प्रधान के सुख में भाग लेने का पूर्ण प्रयत्न कर रहे थे, परंतु उनके मन का संदेह अब तक नष्ट नहीं हुआ था। सबकी मुसकान के पीछे नारद उनकी असंतुष्टि की झलक देख सकते थे।

"कैसे हो कमल? आज कुछ उदास लग रहे हो?" बाँध निर्माणस्थाल पर पहुँचकर नारद ने एक ग्रामीण से पूछा। कमल ने प्रधान को देखकर अपने सिर पर रखी ईंटों की परात को भूमि पर रखते हुए उन्हें प्रणाम किया।

"अब मैं आपको कैसे बताऊँ प्रधानजी" उसकी हिचकिचाहट देखकर नारद ने उसके कंधे पर हाथ रखा।

"अपने प्रधान से क्या छुपाना? कहो, क्या बात है?"

"यही तो बात है। आपने भी गाँववासियों से सरमनजी से ऋण लेने की बात नहीं बताई। सबके मन में आपकी योग्यता को लेकर संदेह उठने लगा है।" यह बातें सुनकर नारद के मुख की लालिमा पीली पड़ गई। कुछ दिन के विश्राम के कारण तो जैसे समस्त गाँव का भूगोल ही बदल गया था।

"कुछ अनुचित कहा हो तो क्षमा कीजिएगा प्रधानजी। आपको बताना आवश्यक लगा तो बता दिया, "कमल ने हाथ जोड़कर कहा। नारद ने सिर हिलाते हुए छोटी-सी मुसकान के साथ उन्हें अपना कार्य जारी रखने को कहा।

"आज हमारे द्वार यह कौन आया?" सरमन की आवाज सुनकर नारद पीछे मुड़े। हँसते हुए सरमन ने उन्हें आलिंगन दिया, परंतु नारद के माथे का बल कोई अन्य प्रश्न पूछनेवाला था।

"पुत्र की ढेर सारी शुभकामनाएँ, मित्र। आशा है, माता और शिशु दोनों स्वस्थ हैं," सरमन ने कहा।

"धन्यवाद। हाँ, दोनों स्वस्थ हैं", नारद ने बिखरे भाव से उत्तर दिया। "तुम्हारे द्वारा प्रदान की गई आर्थिक सहायता के विषय में गाँववालों से बताने के लिए तुमने ही मना किया था न? फिर मेरी प्रतीक्षा किए बिना ही स्वयं तुमने उन्हें यह बात क्यों बताई?"

"अवश्य मना किया था और मैंने उनसे इस विषय में कोई चर्चा नहीं की," सरमन ने भोलापन दिखाते हुए उत्तर दिया।

"तो चलो, हम अभी उन्हें सब सत्य बता देते हैं।"

"ठहरो मित्र," सरमन ने उनका हाथ पकड़कर कहा।" मेरा विश्वास करो, मैंने उन्हें कुछ नहीं कहा। मेरे किसी मूर्ख अनुयायी ने बिना परखे प्रवाद फैलाया होगा। यदि मुझे प्रशंसा की तृष्णा होती तो मैं स्वयं आपको मेरा नाम सबके समक्ष लाने को कहता, परंतु मेरा ऐसा कोई लक्ष्य नहीं था।" सरमन की बातों से नारद को लगा कि कदाचित् वह सत्य कह रहा था।

"देखो सरमन, मैं नहीं चाहता कि ग्रामीणों को ऐसा लगे कि उनके प्रधान

ने उनके साथ पारदर्शिता न निभाकर किसी प्रकार का विश्वासघात किया है", नारद ने अपनी चिंताओं को व्यक्त किया।

"आप क्यों विचलित होते हैं, प्रधानजी? जब तक आपका सरमन यहाँ है, तब तक आपके विषय में ऐसे विचार कोई नहीं कर सकता। मैं सब सँभाल लूँगा।"

"बाँध निर्माण कहाँ तक पहुँचा है?" नारद ने अधिक महत्त्वपूर्ण विषय पर अपना ध्यान केंद्रित करना उचित समझा।

"आइए, स्वयं देखिए", सरमन हाथ बढ़ाते हुए उन्हें बाँध की ओर ले गया। नारद का भारी मन पुनः प्रसन्नता से हल्का हो गया। एक वर्ष पहले, इस स्थल को देखने के लिए जो दृष्टि भूमि पर रहती थी, आज वही दृष्टि आकाश की ओर उठ गई थी। भूमि पूजन के समय उत्कर्ष के हाथों रखी गई चार ईंटों पर अब एक धूसर रंग की प्रगाढ़ संरचना गर्व से स्थित थी। सारे द्वार परियोजना अनुसार सज्ज थे। केवल अंतिम बाँध पर कार्य जारी था, जो कुछ ही दिनों में संपन्न होनेवाला था। ग्रामीणों की बाँध के प्रति लगन देखकर नारद संतुष्ट थे।

गाँववालों की निष्ठा से नारद समझ गए थे कि आनेवाले कठिन समय में ग्रामीणों का साथ देने की बारी अब नारद की थी। सूखा अब भी अपनी हठ लगाए बैठा था, जिस कारण ग्रामीणों के बोझ को हल्का करने की सहायता करना नारद के लिए आवश्यक था। उनकी योजना के अनुसार, आनेवाले कुछ महीनों तक किसानों द्वारा पंचायत को दिया जानेवाला शुल्क घटनेवाला था। नारद इस बात से भलीभाँति परिचित थे कि इससे गाँव की तिजोरी में धन की कमी हो जाएगी, परंतु लोगों की नैतिक शक्ति को बढ़ावा मिलेगा, जिससे प्रधान पर उनका विश्वास कायम रहेगा। नारद ने यह भी कहा कि आय दो मुद्राओं से एक मुद्रा कर दी जाएगी, क्योंकि गाँव की न्यूनतम आरक्षित राशि को शेष रखना भी अनिवार्य था। यह प्रस्ताव दोनों सिरों के लिए, ग्रामीणों के साथ-साथ पंचायत के लिए भी लाभदायक था। सभी ने इस पर सहमति व्यक्त की, क्योंकि प्रश्न भविष्य का था और अभी से उचित निर्णय लेना आवश्यक था।

अपने गाँव की प्रगति को देख नारद ने पड़ोस के गाँव में भी बाँध निर्माण की जाँच करने का निर्णय लिया। पहले की तरह वे वर्मन के साथ गाँवों के दौरे पर निकाल पड़े। प्रत्येक गाँव ने अपने बाँध के प्रस्ताव को उत्तम रूप से लागू किया या नहीं, इसका पूर्ण रूप से निरीक्षण किया। सबकुछ कुशलता से होता देख नारद अब अभिमान के शिखर पर थे।

"यह तो हमारा सौभाग्य है नारदजी कि आपके गाँव तथा घर से संबंध जोड़ने का अवसर प्राप्त हुआ। आप हैं तो हमारा गाँव भी विकास की नदी में स्नान कर पा रहा है, "पड़ोसी प्रधानजी ने हाथ जोड़कर कहा। 'कभी-कभी अपने परिश्रम को सत्यापित करना उचित होता है। यदि मैं विचार ही नहीं करता तो बाँध अवश्य बनते, परंतु न जाने कितने वर्षों पश्चात् मन-ही-मन इस बात को कहकर नारद ने मुसकराकर पड़ोसी प्रधान को प्रणाम किया।

## 3

एक वर्ष, दो महीने और पाँच दिनों के पश्चात्, बाँध गाँव की सदैव सहायता करने हेतु तत्पर था। सभी ग्रामीण इस भव्य परियोजना को देखने के लिए एकत्रित हुए थे। सभा के बीच नारद ने सभी मंत्रमुग्ध ग्रामीणों को संबोधित किया—

"आज इस अति उत्तम अवसर पर मैं मेरे ग्रामीणों को शुभकामनाएँ देता हूँ क्योंकि आज मेरी महत्त्वाकांक्षा और आप सभी की आवश्यकताओं की पूर्ति हुई है। आपके अटल सहयोग के कारण इस महान् संरचना का लाभ हम और हमारी आने वाली पीढ़ी उठा पाएँगी, अतः यह बाँध अटल बाँध के नाम से प्रसिद्ध होगा।" उपस्थित जन तालियाँ बजाकर अपने प्रधान की प्रसन्नता में हृदय से सम्मिलित हुए। "यह तो मेरे ही पुण्यों का उपहार था कि मुझे आप जैसे भाई-बहन मिले, जिन्होंने बिना किसी विचार के बाँध निर्माण में अथक परिश्रम किया और अनपेक्षित बाधाओं का सामना कर, निर्धारित समय पर बाँध परियोजना को उसके अंतिम स्तर पर पहुँचाया।

"आज यह बाँध हमारी आवश्यकता की पूर्ति करने तथा किसी भी आपदा से हमारी रक्षा करने हेतु खड़ा है। इसका श्रेय मैं केवल आपको देना चाहूँगा। यही नहीं, मैं हृदय से सरमन और वर्मन को भी धन्यवाद करता हूँ, क्योंकि यदि वे नहीं होते तो आज मैं अपने घर के भीतर तथा बाहर के परिवार की देखभाल इतनी प्रशस्तता से नहीं कर पाता," नारद ने भीड़ में उपस्थित सरमन और वर्मन को हाथ जोड़ते हुए कहा। "अब केवल वर्षा की प्रतीक्षा है। कल के दिन अटल बाँध के उद्घाटन के अवसर पर गाँवभर में एक भव्य समारोह होगा। आप और परियोजना में भागीदार पड़ोसी गाँव भी आमंत्रित हैं। अब समय कितना भी कठिन हो, अटल बाँध के रहते सब कुशल-मंगल होगा, यह आपके प्रिय प्रधान का आपको दिया गया वचन है।"

संपूर्ण सभा हर्षध्वनि में फूट पड़ी। भीड़ में उपस्थित सावित्री छोटे वर्मन को लिये अपने स्वामी की सफलता को देख आनंदित थी। उत्कर्ष दौड़कर अपने पिताजी की गोद में चढ़ गया। जीवन की मिठास जैसे फिर नारद के मुख में लौट आई थी। हर किसी के घर से बाँध देखा जा सकता था। नारद भी अपने घर की छत से अपनी सफलता को देख दीर्घ श्वास लेते हुए स्वयं को भी बाँध समान प्रगाढ़ अनुभूत कर रहे थे।

अगले दिन की सुबह महोत्सव की हवा लाई। अपने परिश्रम के विराट् प्रतीक को देख हर परिवार के गर्व की सुगंध वातावरण में घुल रही थी। हर कोई हर्ष से चहक रहा था। ससुरजी आज अधिक प्रसन्न लग रहे थे।

" देवर्षि," उन्होंने नारद से कहा, जो छोटे वर्मन को अपने जैसा पीला सदरा पहन रहे थे।

"कहिए पिताश्री," उन्होंने उत्तर दिया।

"आज मेरा हृदय आपके कर्मों को देखकर अत्यंत तृप्त है। मैं अपने गाँव में एक साथ इतना विकास कदाचित् ही ला पाता। हमारे जीवन को आपकी उपस्थिति ने वास्तव में बहुत कुशल बना दिया है", ससुरजी हाथ जोड़कर विनम्रता से कहने लगे। नारद ने उनके हाथों को नीचे कर उनके पैरों को छूकर प्रणाम किया।

"सदैव अपने आशीर्वाद का हाथ हमारे सिर पर बनाए रखिएगा पिताश्री", नारद ने कहा। ससुरजी ने मुसकराकर सिर हिलाते हुए उनके सिर पर हाथ फेरा और छोटे वर्मन तथा उत्कर्ष को लेकर बाँध की ओर चले गए।

"उत्कर्ष!" सावित्री अपने पुत्र को पुकारते हुए कक्ष से बाहर आई और देखा कि बैठक में केवल नारद खड़े थे।

"दोनों पुत्र नानाश्री के साथ बाँध पर चले गए हैं। यदि आप भी सज्ज हो तो हम भी चलें!" नारद ने कहा। जब वे पीछे मुड़े तो वैसे ही मंत्रमुग्ध हो गए, जैसे पहले दिन हुए थे। कदाचित् गुलाबी साड़ी ने उस दिन का स्मरण पुनः एक बार कर दिया था। अंतर सिर्फ इतना था कि आज सावित्री अधिक रमणीय प्रतीत हो रही थी। वैसे तो पृथ्वीलोक पर समय के साथ मनुष्य की आयु घटने लगती है, परंतु नारद की सावित्री के आगे तो समय भी जैसे असहाय पड़ जाता था! किसी ने यथार्थ ही कहा था—वास्तविक सौंदर्य कभी फीका नहीं पड़ता।

"ऐसे कैसे चले गए? उनके माथे पर काजल का टीका लगाना था," सावित्री ने मुख पर चिंता लाते हुए कहा।

नारद उसके पास मुसकराते हुए गए। "प्रिये," उन्होंने सावित्री की अनामिका में लगे काजल को अपनी अनामिका में धीरे से रगड़ते हुए कहा, "तुम्हारे पुत्रों को तो कुछ नहीं होगा, परंतु मेरी गृहिणी को कुदृष्टि से कौन सुरक्षित करेगा?" उन्होंने सावित्री के कान के पीछे छोटा सा टीका लगाया। उसकी लज्जित मुसकान को देखकर नारद के हृदय में जैसे हर्ष के पुष्प एक साथ उगने लगे। दंपति ने बाँध की ओर प्रस्थान किया।

बाँध के समक्ष एक छोटी सी पूजा करने के पश्चात् सभी लोग बाँध को और निकट से देखने के लिए आगे बढ़े। जिसके बाद गाँवों के बच्चों द्वारा साँस्कृतिक कार्यक्रम प्रस्तुत किया गया। ऋतु अनुसार वर्षा न होने के बावजूद भी समस्त गाँव उत्साह के झरने में लद-बद था। महाभोज के पूर्व प्रधानजी ने पुनः एक बार ग्रामीणों को संबोधित करते हुए प्रत्येक मनुष्य के हर प्रकार के योगदान के लिए धन्यवाद दिया। अब लोगों के मन में केवल अपनी जीवनशैली को परिवर्तित होते देखने की इच्छा थी।

एक संध्या, बरगद के वृक्ष के नीचे ग्रामीणों का समूह वर्मन सहित गाँव के मुद्दों पर चर्चा कर रहे थे। तभी एक मद्यप पुरुष उनके समक्ष लड़खड़ाते हुए आया और समूह को देखकर हँसने लगा। सभी जन भ्रमित थे। वे नहीं समझ पा रहे थे कि इस प्रमत्त व्यक्ति को इतना मनोरंजन की बात कहाँ से प्राप्त हो रहा था? उन्होंने उस पर ध्यान न देने का निर्णय लिया और अपनी चर्चा को जारी रखा।

"आप सभी सरमन के हाथों की कठपुतलियाँ हैं", उस पुरुष ने कहा और भूमि पर बैठकर हँसने लगा।

समूह के सभी सदस्य क्रोधित हो उठे और उसे घेर लिया।

"यहाँ तक कि आपके प्रिय प्रधानजी भी उनके प्रभाव में हैं," उसने बड़ी-बड़ी आँखों से कहा।

वर्मन को यह बात उचित नहीं लगी और बिना किसी विचार के उसने पुरुष को कंठ से पकड़ लिया।

"अपनी जिह्वा पर नियंत्रण रखो, प्रधानजी के बारे में प्रवाद फैलाते हुए लज्जा नहीं आती?" वर्मन ने चिल्लाकर कहा।

मद्यप पुरुष ने हँसना बंद कर दिया और कुछ विचार करने के पश्चात् वर्मन के कान में फुसफुसाया। अकस्मात् ही वर्मन के मुख पर लिपटा हुआ क्रोध भय में परिवर्तित हो गया। उस पुरुष को वहीं छोड़कर वर्मन वहाँ से त्वरित नारद के घर की ओर भाग गया। हर कोई इस दृश्य को देखकर स्तब्ध रह गया और प्रमत्त पुरुष वहीं पर हँसते-हँसते मूर्च्छित पड़ गया।

जब वर्मन नारद के घर पहुँचा, तब नारद बरामदे में अपने छोटे पुत्र को सहला रहे थे। उन्होंने देखा कि उनका मित्र उनसे भेंट करने आया था।

"आओ वर्मन।" वर्मन बिना किसी भाव के उनके निकट बैठ गया।

"मुझे चोर मिल गया है", वर्मन ने नारद के कान में धीमे स्वर में कहा।

"कौन सा चोर?" नारद ने उसी स्वर में प्रश्न किया।

"जिसने हमें इंदु के विवाह में लूट लिया था, वह चोर।"

यह सुनकर नारद चकित रह गए। उन्होंने अपने पुत्र को झूले में लिटाया और वर्मन के साथ छत पर पहुँचे।

"कौन था वह दुष्ट?" नारद के मुख पर क्रोध का रंग चढ़ने लगा था। वर्मन ने दीर्घ श्वास लेकर नारद की चिंता को परखते हुए विचार किया कि कदाचित् वे उसका विश्वास करेंगे भी या नहीं? परंतु मित्र होने के नाते उनका सत्य जानना आवश्यक था।

"वह सरमन था", वर्मन ने धीरे से कहा।

नारद अवाक् थे। क्या वर्मन सत्य कह रहा था या अब भी सरमन के प्रति ईर्ष्या की भावना रखते हुए असत्य कह रहा था?

"यह तुमसे किसने कहा?" नारद ने पूछा।

"कुछ ही समय पहले एक शराबी हमारे पास आया, उसने मुझे मेरे कानों में कहा कि सरमन वह है, जिसने आभूषण लूटने की योजना बनाई थी और लुटेरा कोई और नहीं, अपितु उसका नौकर रामलाल था। उसने तो यह भी कहा कि सरमन ने हमारे आभूषणों को गलाकर कर उन्हीं से बनी स्वर्ण मुद्राओं से गाँव की आर्थिक सहायता की।"

"तुम एक मद्यप पुरुष के शब्दों पर इतने निश्चित कैसे हो सकते हो?" नारद ने चिढ़कर कहा। कदाचित् वे इस तथ्य को अपनाने से भयभीत थे।

"क्योंकि वह राम लाल का पुत्र था," वर्मन ने तेज आवाज में उत्तर दिया।

नारद के संयम का बाँध टूट रहा था। अपने सिर को हाथों में पकड़कर वे भूमि पर बैठ गए। जीवन को जैसे फिर से अँधेरा निगलता जा रहा था और नारद केवल बड़ी आँखों से पथ नापने का प्रयत्न कर रहे थे। विश्वासघात तो होता ही घृणा योग्य है, परंतु इस युग में जैसे विश्वास करना भी अपने आप में एक प्रकार का पाप था। वर्मन के शब्द अब नारद के कानों में गूँज रहे थे।

'वह सरमन था।'

क्या उसकी कोई भी बात कभी भी सत्य थी? या उसने सदैव नारद को अंधकार में रखा?

'वह सरमन था।'

क्या मित्रता भी अब केवल एक मिथ्या बनकर रह गई थी? यदि उसे मेरी सहायता करनी ही नहीं थी तो सरल रूप से मना क्यों नहीं किया?

'वह सरमन था।'

उन्हें अब सरमन से अधिक स्वयं पर क्रोध आ रहा था। वर्मन ने न जाने कितनी बार उन्हें चेतावनी दी थी, परंतु नारद फिर भी ऐसे चक्रव्यूह में अटके, जहाँ से न अभिमन्यु निकल पाए थे और न युधिष्ठिर उसे निकाल पाए थे।

'वह सरमन था।'

आज मनुष्य इतने चतुर और नारद इतने भोले कैसे पड़ गए?

□

# 9

# सरमन की हार

## 1

रातभर नारद एक क्षण भी नींद न ले पाए। सावित्री और बच्चों को उनकी हलचल से कष्ट न हो, इसलिए उन्होंने सारी रात छत पर ही व्यतीत की। सूर्योदय हुआ, तब नारद का मन शांत कम दु:उत्तेजित अधिक था। सरमन के घर की ओर देख उनके मन में क्रोध की भावना ने दु:ख को ढँक दिया। पहले जिसने यह आरोप लगाया था, उसका सामना करना नारद ने उचित समझा, इसलिए उन्होंने राम लाल और उसके पुत्र से भेंट करने का निर्णय लिया। वे तुरंत सीढ़ियों से नीचे उतरे। सावित्री उनके पदों की भारी आवाज सुनकर समझ सकती थी कि स्वामी किसी कारण विचलित थे! परंतु सवेरे-सवेरे ऐसा क्या हो गया?

"स्वामी!" सावित्री ने उनके लिए नियमित रूप से उनके जल का स्त्रोत उनकी ओर बढ़ाया। नारद ने उसकी ओर देखा और फिर स्त्रोत को।

"मैं प्रभात फेरी कर आता हूँ," नारद ने कहा और वहाँ से चले गए। उन्होंने सावित्री को छोटी सी मुसकान के साथ उत्तर अवश्य दिया था परंतु उनके माथे का बल और अधीर चाल किसी अन्य कथा का उच्चारण कर रही थी।

दाँत भींचकर दृढ़ता से कदम बढ़ाते हुए नारद राम लाल की कुटिया की ओर चले जा रहे थे। उनकी मुट्ठियाँ कसकर ऐसे बँधी हुई थीं, जैसे यदि अब

किसी ने भी असत्य बोला तो उस पर अवश्य बरस पड़ेंगी! पृथ्वी लोक का मुख इतना भ्रष्ट कैसे हो गया था? क्या एक पिता होने के नाते उन्हें अपने बच्चों को सर्वप्रथम विश्वासघात की सीख देनी चाहिए? क्योंकि यहाँ तो हर प्रकार की दयालुता दिन-प्रतिदिन घटती जा रही थी और अपने ही जीवन में छुपे हुए अपराधी को भाँप लेने का भी कोई तरीका नहीं था। यह एक नई नीचता थी, जिसके नारद दुर्भाग्य से साक्षी थे। हठी रहकर तुच्छ प्रकार की राजनीति के माध्यम से शिखर पर पहुँचना एक बात थी और कदाचित् सरमन को ऐसे कर्मों के लिए नारद मुनि क्षमा भी कर देते, परंतु प्रधान के घर से चोरी करना, और सामने आने पर उनके ही कंठ में असत्य की लंबी सी माला पहनाकर निर्लज्जता से मित्रता का हाथ बढ़ाना, न जाने कितने स्तरों पर अस्वीकार्य था! नारद के इस अनुचित अनुमानों के घड़े में से यदि एक भी बात रिस जाती तो ऐसा भूकंप आता, जिसमें नारद के घोर परिश्रम से बनाई हुई प्रतिष्ठा की हवेली क्षणभर में चूर-चूर हो जाती!

रामलाल गाँव के बाहरी क्षेत्र में रहता था, क्योंकि वह शूद्र जाति का था। यह बाहरी क्षेत्र गाँव के अन्य भागों से पूरी तरह विपरीत था। समस्त गाँव में दृष्टि फेरते ही खेत, घने नीम के वृक्ष, हल्के भूरे रंग की कोमल मिट्टी और सुस्थिर तथा आकर्षक घर दिखाई देते थे, परंतु इस भाग का दृश्य जैसे औंधा था। टूटी-फूटी कच्ची झोंपड़ियाँ, छोटी-छोटी बस्तियाँ, जिनकी गलियाँ अधिक सँकरी थीं। रास्ते पर बँधे हुए गाय, बकरी तथा अन्य पशुओं के कारण कम स्वच्छता थी और पथ अधिक पथरीले। गली के अंत में रामलाल का घर था, जहाँ नारद कुछ ही क्षणों में पहुँच गए। द्वार खटखटाने के पश्चात् वे प्रतीक्षा करने लगे, परंतु दूसरे छोर से कोई प्रतिक्रिया नहीं हुई। उन्होंने फिर से द्वार खटखटाया। तभी रामलाल हाथ में जल का कलश लेकर पीछे से आया।

"प्रधानजी!" वह गाँव के इतने महत्त्वपूर्ण व्यक्ति को अपने छोटे से घर की देहरी पर उपस्थित देखकर अवाक् रह गया। नारद पीछे मुड़े और रामलाल को देखकर मुसकराए।

"मेरे छोटे से घर की ओर प्रधानजी आपका आगमन?" उसने कलश भूमि पर रखकर हाथ जोड़ते हुए कहा।

“प्रिय रामलाल, आपसे कुछ अत्यंत आवश्यक बात करनी है”, नारद ने कहा।

“आपने मुझे बुला लिया होता, प्रधानजी। स्वयं इतना कष्ट उठाकर यहाँ आना!”

“नहीं, नहीं, इसमें कोई कष्ट की बात नहीं। बिना किसी विलंब के मुद्दे की चर्चा करना आवश्यक है, इसलिए स्वयं ही चला आया।”

“कृपया अंदर आइए, प्रधानजी। मुझे आपको कम-से-कम थोड़ा जल देने का सौभाग्य प्रदान कीजिए,” रामलाल ने कहा और उन्हें अपने घर के भीतर ले गया।

मिट्टी की दीवारों और फूस की छत से बनी उस छोटी सी झोपड़ी में एक विचित्र सी उदासीनता थी। जैसे दिन का उजाला भीतर आने से नकार रहा था। फिर भी दीवार के एक छोटे छेद से निकलता प्रकाश उस अंधकार में छोटी सी झील बना रहा था। नारद का सिर लगभग झोपड़ी की छत को स्पर्श कर रहा था। भीतर दो बिस्तर लगाए हुए थे, जो संकेत दे रहे थे कि वहाँ केवल रामलाल और उसका पुत्र ही रहते थे।

रामलाल ने अपने गमछे से तिपाई को पोंछा और नारद को आसन ग्रहण करने के लिए कहा और भरे हुए कलश में से पात्र में जल ले आए। नारद बैठकर झोपड़ी के चारों ओर सहानुभूति की दृष्टि से देख रहे थे। पात्र से जल ग्रहण करने के पश्चात् नारद ने भूमि पर बैठे रामलाल को देखा।

“किस विषय में चर्चा करनी थी, प्रधानजी?” बूढ़े रामलाल ने पूछा।

“तुमने मेरे घर को क्यों लूटा, रामलाल?” नारद ने शांतिपूर्वक प्रश्न किया।

रामलाल का हर्षित मन अब भयभीत हो उठा। उसकी देह अकस्मात् ही ठंडी पड़ गई और वह अपनी आँखों को नारद की तीखी दृष्टि से मिला नहीं पा रहा था।

“प्रधानजी···” काँपते स्वर में रामलाल ने कहा और बाकी शब्दों को आतुरता से निगल गया।

“मुझे ज्ञात है कि आप ऐसा नहीं करना चाहते थे, अपितु आपसे यह घोर

पाप सरमन ने कराया है। मैं केवल अपने अनुमान की पुष्टि करना चाहता था और आपकी अवस्था स्थायी रूप से मेरे संदेह को तथ्य बनाती है," नारद के शब्दों को सुनकर रामलाल हाथ जोड़कर रो पड़ा।

"उन्होंने मुझे ऐसा करने के लिए विवश कर दिया था, प्रधानजी। हमारा परिवार उनके घर कई पीढ़ियों से काम करता आया है और हमारी आजीविका ही हमारा भोजन, वस्त्र और आश्रय है। सबकुछ उन पर निर्भर करता है। उन्होंने मुझे कोई विकल्प नहीं दिया और कहा कि यदि मैंने मना किया तो मुझे काम से निकाल दिया जाएगा," रामलाल ने रोते हुए कहा। "क्षमा करें प्रधानजी, मेरी ऐसा पाप करने की कोई इच्छा नहीं थी।"

नारद ने उसकी पीठ सहलाकर उसे शांत किया और उनके साथ सरमन के घर चलने का निवेदन किया। रामलाल का मन पहले तो नहीं माना। सरमन जितना सरल नारद को दिखता था, वैसा वह वास्तव में था नहीं। नारद ने उसे आश्वासन दिया कि उसकी आजीविका को कोई नुकसान नहीं होगा। प्रधानजी का साथ देने के अतिरिक्त रामलाल के पास कोई विकल्प शेष नहीं था।

कुटिया के बाहर का वातावरण लोगों में चलती बातों की भिनभिनाहट से गूँज रहा था। रामलाल के घर के आगे कदाचित् ही ऐसा जमावड़ा पहले हुआ था। नारद जब उसके साथ बाहर आए तो सबकी बड़ी-बड़ी आँखों को जिज्ञासा से लद-बद देख सकते थे। सबको एक स्नेहशील मुसकान देकर रामलाल के साथ वे अपनी समस्या को सुलझाने चल पड़े।

सरमन के घर पहुँचने से पहले ही नारद क्रोध और निराशा के कड़वे मिश्रण से उफन रहे थे। जब नारद खुले द्वार के भीतर आए, तब सरमन अपने झूले पर बैठा हुआ था। नारद को अपनी ओर आता देखकर उनके प्रति आत्मीय हो उठा।

"आओ मेरे प्यारे मित्र! सवेरे-सवेरे मेरे द्वार कैसे आना हुआ?" सरमन ने प्रसन्नता से पूछा।

नारद कोई उत्तर न देते हुए सरमन के निकट चले गए। पीछे चलते हुए रामलाल को देखकर सरमन क्षणभर के लिए चकित हो गया और तीखे स्वर में कहा, "रामलाल! आप प्रधानजी के साथ क्यों घूम रहे हैं?"

जैसे ही रामलाल उत्तर देनेवाला था, नारद ने उसकी बात को काट दिया और कहा, "रास्ते में उनसे भेंट हो गई, इसलिए मैंने उन्हें अपने साथ ही चलने को कहा।"

नारद के मुख से असत्य का उच्चारण देखकर रामलाल स्तब्ध रह गया। प्रधानजी के मन में गढ़ती योजना से रामलाल अज्ञात था। सरमन ने नारद को अपने साथ बैठने का आग्रह किया और रामलाल को जलपान लाने को कहा।

"नहीं, नहीं। इसकी कोई आवश्यकता नहीं है। किसी और कार्य से शीघ्र ही घर लौटना है," सरमन की ओर देखते हुए नारद ने मुसकराते हुए कहा।

"मैं यहाँ ग्राम पंचायत की बैठक में आपको हमारे विशेष अतिथि के रूप में आमंत्रित करने आया हूँ। आपका आदर-सत्कार करने हेतु पंचायत में एक विशेष स्थान देने का निर्णय लिया गया है।"

सरमन के भीतर जैसे आनंद के झरने फूट रहे थे। बड़ी आँखों और चौड़ी मुसकान लिये उसने सहमति से अपना सिर हिलाया। उसे आभास हुआ कि गाँव का प्रधान बनने के अपने स्वप्न के लिए सीढ़ी मात्र बनाने में उसने अथक परिश्रम किया। आज अंततः उस दिशा में पहला कदम उठा है।

"निस्संदेह! मैं अवश्य आऊँगा!" सरमन ने उत्साह के साथ कहा।

नारद उसके कंधे को थपथपी देकर चल दिए। रामलाल अब भी असमंजस में थे कि नारद के विचारों में इतने कम समय में इतना बड़ा परिवर्तन कैसे आ गया?

घर की ओर जाते समय उन्होंने वर्मन से भेंट की, जो अपने खेत की ओर अग्रसर था।

"तुमने सत्य कहा था वर्मन, वह सरमन ही था, जिसने यह सब किया", नारद ने नीची दृष्टि रखते हुए कहा।

वर्मन चुप रहा, क्योंकि वह अपने मित्र को कुछ कहकर उनका मन और विचलित नहीं करना चाहता था।

"मेरी एक सहायता करोगे?" नारद ने उससे कहा और वर्मन ने एकाएक हामी भरी। "गाँवभर में प्रचार कर दो कि मैंने एक आवश्यक बैठक

बुलाई है और हर पुरुष, महिला एवं बच्चों का भी इस बैठक में हिस्सा लेना अनिवार्य है।"

वर्मन को ज्ञात था कि नारद क्या योजना बना रहे थे और वह हर कार्य में उनका साथ देने के लिए तत्पर था।

## 2

संध्या होते ही धीरे-धीरे ग्रामीणों का जमावड़ा बढ़ता गया। बरगद के वृक्ष के पास, जो ग्राम पंचायतों का नियमित स्थल था, हर किसी के मन में इस तत्काल बैठक को लेकर जिज्ञासा पनप रही थी। पुरुष एक भाग में बैठ गए और महिलाएँ दूसरे में। कुछ बच्चे खेल में व्यस्त हो गए और कुछ सम्मिलित होने के आनंद में प्रधानजी की प्रतीक्षा कर रहे थे। उपस्थित लोगों में भिनभिनाहट आरंभ हो गई। परिपत्र गठन में बैठे ग्रामीणों के एक समूह ने अनुमान लगाया कि बैठक किसी नए प्रवाद को लेकर रखी गई थी। महिलाओं का एक समूह अनुमान लगा रहा था कि यह बैठक बाँध परियोजना पर होनी थी। चारपाई पर बैठे वृद्ध पुरुषों के अनुभव के अनुसार बैठक अकालग्रस्त गाँव के विषय पर बुलाई गई थी।

नारद को बैठक के बीच आता देख हर कोई एक-दूसरे को शांत करने लगा। प्रधानजी के साथ उनके दोनों मित्र, वर्मन और सरमन, भी आए थे। सरमन अपने श्वेत धोती सदरे में भिन्न प्रकार के आत्मविश्वास के साथ सबके समक्ष उपस्थित था। बस, अब कुछ ही क्षणों में नारद लोगों को उसे पंचायत में दी हुई पदवीं का संक्षेप देंगे, ऐसा विचारकर सरमन अपनी प्रसन्नता को नियंत्रित कर रहा था। हर कोई सम्मान के साथ शांतिपूर्वक खड़ा हो गया। सबका ध्यान नारद पर केंद्रित था। अनुमानों की भिनभिनाहट अब पूर्णत: बंद हो चुकी थी। केवल अपने घोंसले में लौटते पक्षियों की चहचहाहट वातावरण में गूँज रही थी। सभा को संबोधित करने के लिए नारद आगे बढ़े।

"मेरे प्रिय ग्रामीणो, जैसा कि हम सभी जानते हैं कि बाँध निर्माण परियोजना के समय हमारे गाँव ने आर्थिक तथा अन्न के अभाव की समस्या

का सामना किया था। हम में से हर एक को किसी-न-किसी प्रकार का नुकसान भोगना पड़ा था और उस समय ने वास्तव में हमें हताश कर दिया था। ऐसे संकट के चलते एक प्रवाद फैला था, जिसके अनुसार सरमन ने पंचायत की तिजोरी में धन प्रदान कर समस्त गाँव का उद्धार किया था", नारद ने लोगों की ओर देखते हुए कहा। सरमन अपनी मुसकान छुपाने का प्रयत्न कर रहा था, इस विचार में कि नारद का अगला वाक्य यह होगा कि 'वह प्रवाद नहीं, तथ्य था।'

"वह केवल एक निरर्थक जनश्रुति ही थी।" यह सुनकर सरमन का सिर एकाएक नारद की ओर मुड़ा। "आपके प्रधान के रहते आप किसी और से सहायता की अपेक्षा क्यों करते हैं ? स्पष्ट रूप से कहें तो हाँ, सरमन ने मौद्रिक धन दिया अवश्य था, परंतु वह मेरे ही परिश्रम से बने थे।"

नारद की बातों ने सभा को उलझन में डाल दिया था। न अब तक पंचायत का उद्‌देश्य समझ आया था, न नारद के शब्दों का अर्थ।

"सरलता से समझाने की अनुमति हो तो मैं आपको ले जाना चाहूँगा इंदु के विवाह के समय में, जब मेरे प्रिय मित्र सरमन ने मेरे ही घर से, मेरे ही आभूषणों को लूट लिया था।" यह सुनते ही उपस्थित लोगों ने एक साथ आश्चर्य व्यक्त किया और सरमन को देखते हुए आपस में कानाफूसी करने लगे। नारद ने मुसकराते हुए सरमन की ओर देखा, जिसे इस स्थिति पर विश्वास नहीं हो रहा था। अपना हाथ उठाकर भीड़ को शांत करने के लिए नारद ने हाथ उठाया।

"प्रिय ग्रामीणो, उन ही आभूषणों को लूटने के लिए सरमन ने अपने ही दास रामलाल के परिवार को ऐसा पाप करने पर विवश कर दिया था। मेरे शब्दों पर विश्वास यदि नहीं होता तो रामलाल मेरी बातों की पुष्टि करेंगे।" नारद ने रामलाल को सबके समक्ष बुलाया। रामलाल ने बताया कि जब सावित्री अलमारी की चाभी मेज पर रख भूल गई थी, तब उसने उन्हें चुराकर अपने पुत्र को दे दिया था। उसी ने अवसर मिलते ही अलमारी में से आभूषण निकाल लिये थे। "बारात आते ही हम वहाँ से भाग गए थे। हमें क्षमा कीजिएगा, हम ऐसा कर्म नहीं करते, यदि सरमनजी हमें काम से निकाल देने

की धमकी न देते।" रामलाल हाथ जोड़कर रोने लगे। उसके कंधे पर हाथ रखकर नारद ने सहानुभूति व्यक्त करते हुए उसे बैठ जाने को कहा।

"और फिर उन्हीं आभूषणों को मेरे चतुर मित्र ने मुद्राओं में द्रवित कर दिया था। यहाँ दोष रामलाल जैसों का नहीं है, क्योंकि उनकी लाचारी का अनुचित लाभ उठाया गया है। दोष तो उनका है, जिन्होंने गाँव का उद्धार कम और मेरे जीवन में उजाड़ अधिक किया।" नारद ने गंभीर स्वर में कहा। लोग आपस में फिर से चर्चा करने लगे। सरमन लज्जा से लाल हो गया था, उसकी अश्रु भरी आँखें भूमि पर गड़ी हुई थीं। भीड़ में से एक पुरुष ने उठकर उसकी ओर उँगली उठाकर कहा, "आप को देखने मात्र से भी अब लज्जा आती है!"

"प्रधानजी के साथ विश्वासघात कर आपको रात में नींद कैसे आती है?"

"इसे दंड मिलना चाहिए!" किसी ने कहा। एक साथ पूरी सभा जैसे सरमन को दंड देने का नारा लगाने लगी।

"आप सदैव प्रधान का अधिकार चाहते थे, क्या यही कारण था आपके षड्यंत्र के पीछे?" वर्मन ने कहा।

सरमन ने सिर उठाकर आक्रोश और लज्जा में घुली हुई दृष्टि वर्मन से मिलाई। वह यह अपमान और नहीं सह सकता था।

"आपको इस विषय में क्या कहना है?" उन्होंने सरमन से पूछा। उसने हाथ जोड़े और कुछ भी कहने से पहले स्वयं को नियंत्रित किया, ताकि उसके स्वर सभा के समक्ष टूट न जाएँ।

"मुझ पर लगे आरोप को मैं स्वीकार करता हूँ। मैं ही आपका दोषी हूँ, मुझे मेरे स्वभाव में परिवर्तन करने का अवसर प्रदान करें। आपका हृदय बहुत बड़ा है, कृपया मुझे क्षमा करें प्रधानजी।" सरमन के शब्दों ने नारद को क्रोधित कर दिया।

"मनुष्य का तो स्वभाव ही है स्वयं के बचाव में असत्य कहना। तुम्हें अवसर अवश्य प्राप्त होगा सरमन, परंतु क्षमा के रूप में नहीं, प्रायश्चित्त के रूप में।" नारद ने तीखे स्वर में सभा की ओर मुड़कर कहा, "आज से सरमन गाँव के बाहरी परिसर में रामलाल और उसके परिवार का दास बनकर

रहेगा। अपना शेष जीवन सरमन उसी भाग में व्यतीत कर अपने कर्मों पर चिंतन करेगा। अपने नियमित सुखों से वंचित रहकर स्वभाव परिवर्तन अवश्य होगा।"

हर किसी ने सहमति में अपना सिर हिलाया, क्योंकि यह वास्तव में सरमन के लिए जिसने अपना सारा जीवन किसी-न-किसी प्रकार के लालच में व्यतीत किया था, उचित दंड था। सरमन के पास दंड को स्वीकार कर अपनी सुविधा और विशेषाधिकारों को छोड़ने के अतिरिक्त और कोई विकल्प नहीं था।

उस रात छोटे वर्मन और उत्कर्ष को उन्होंने अपनी कथा सुनाई कि कैसे उन्होंने न्यायधीश की भूमिका निभाकर, अंततः अपराधी को पकड़ लिया और उसे दंडित किया। उस रात की निद्रा अत्यंत उत्कृष्ट थी।

## 3

डकैती का मुद्दा सुलझाने के पश्चात् नारद ने उस समस्या पर अपना ध्यान केंद्रित किया, जो पिछले तीन वर्षों से गाँव को धीरे-धीरे खाए जा रही थी—एक क्रूर सूखा, जिसने समस्त ग्राम को अकालग्रस्त कर दिया था। हर सवेरे वे उठकर आकाश की ओर देखते, इस आशा से कि आज भूरे-भरे बादलों की छाया दिखेगी, परंतु हर सवेरे वे नीला आकाश देख निराश हो जाते। अधिकांश लोगों ने अपनी आजीविका के लिए लगन से काम किया था, अपने खेतों में कड़ा परिश्रम किया, अपने परिवारों की देखभाल की, यहाँ तक कि अपने आसपास के छोटे से संसार के प्रति निष्ठा पूर्वक कर्म किए। फिर भी, वे सब यहाँ थे, घोर परिश्रम के पश्चात् अपनी दृष्टि को आकाश पर इस आशा में गड़ाए हुए कि अब उनके सूखे जीवन में सुख की वर्षा होगी! नारद को ज्ञात हुआ कि मनुष्य योनि के सुख और दुःख सदैव सरल प्रकार के नहीं होते। उन्हें कई बार ऐसे परिणाम सहने पड़ते हैं, जिस कार्य में वे स्वयं कभी भागीदार थे ही नहीं। कोई नहीं जानता कि वे किस कर्म का ऋण उतार रहे थे? क्या वह कर्म इस जन्म का था, या पिछले

जन्म का? या कदाचित् यह परिणाम उनके किसी पूर्वज द्वारा किए गए कर्मों का था? परंतु यह सारे पाप तो तब ही धुलेंगे, जब भगवान् इंद्र अपनी दया बरसाएँगे। तभी नारद समझ गए कि आगे क्या करना था? उन्हें केवल इंद्रदेव को प्रसन्न करना था, किंतु शीघ्र, क्योंकि बाँध में संग्रहीत जल केवल अगले दो सप्ताह के लिए पर्याप्त था।

उस शांत दोपहर में, जब सावित्री उनके निकट विश्राम कर रही थी, तीन वर्ष का वर्मन अपने पालने में सो रहा था और पाँच वर्ष का उत्कर्ष अपने नानाजी के साथ झपकी ले रहा था, नारद सावित्री की ओर मुड़े, जो केवल अपनी पलकों को ढके हुए पालने को झुलाते हुए लेटी हुई थी।

"मुझे लगता है, हमें वर्षा प्राप्ति के लिए हवन करना चाहिए", नारद ने कहा।

सावित्री ने आँखें खोलकर उनकी ओर देखते हुए पूछा, "क्या आपको विश्वास है इससे वर्षा होगी?"

"शुद्ध संकल्पों से देवराज इंद्र अवश्य प्रसन्न होंगे। जो भी अटूट समर्पण से उनसे कुछ माँगता है, उसकी इच्छा देवराज सदैव पूरी करते आए हैं। उनके दरबार की अप्सरा हो या पृथ्वी का मनुष्य, जो भी मन से उनकी प्रार्थना करता है, वे उसे आशीर्वाद देते हैं। यदि हम सब पवित्र भक्ति से उनकी पूजा करेंगे तो वे अवश्य वर्षा के रूप में आशीर्वाद प्रदान करेंगे।"

वे जानते थे कि वर्षा लाने का कोई दूसरा विकल्प उनके पास था नहीं। अपनी ऊर्जा को आध्यात्मिक पथ पर केंद्रित कर यदि भगवान् इंद्र का आवाहन करेंगे तो प्रजा में आशा की किरण भी उठ आएगी। बस, नारद निर्णय लेकर अगले ही क्षण पुरोहितजी के घर का रास्ता नापने लगे।

"प्रणाम, पुरोहितजी," पुरोहितजी के द्वार खोलते ही नारद ने कहा। पुरोहितजी ने स्नेहपूर्वक उनका स्वागत किया। भीतर प्रवेश करने के पश्चात् दोनों भूमि पर बैठ गए।

"कहिए प्रधानजी, किस विषय में आना हुआ?" पुरोहितजी ने कहा।

"गाँव में सूखा लंबे समय से बना हुआ है और वर्षा की कोई आशा दिखाई नहीं दे रही है। मेरा यह विचार था कि हमें इंद्र देव की पूजा करने हेतु

एक महा हवन का आयोजन करना चाहिए। इसलिए आपसे निवेदन करने आ गया कि निकट के समय में कोई शुभ तिथि हो तो बताएँ।"

"आपका प्रस्ताव तो अति उत्तम है, प्रधानजी। शुभ समय देखते हैं···" पुरोहितजी ने अपने पीछे रखी मेज से पंचांग निकालते हुए कहा। कुछ पन्ने पलटकर अपनी उँगलियों पर गिनती करने के पश्चात् उन्होंने नारद की ओर देखते हुए कहा, "आषाढ़ का ग्यारहवाँ दिन, अर्थात् आषाढ़ी एकादशी के दिन यदि महा हवन किया जाएगा तो सर्वश्रेष्ठ होगा।"

"फिर तो केवल बारह दिन शेष रहते हैं," नारद ने अपनी गणित का परिणाम बताया।

"हाँ प्रधानजी, परंतु आप चिंता न करें, मैं हवन के लिए आवश्यक सामग्री एकत्रित कर लूँगा और बाकी ऋषियों को भी निमंत्रण दे दूँगा। आप दान-दक्षिणा पर ध्यान केंद्रित करें। भगवान् की इच्छा से सब कुशलता से हो जाएगा, "पुरोहितजी ने मुसकराकर आश्वासन दिया।

"भगवान् की इच्छा ने ही तो समस्या खड़ी कर रखी है, जिसे सुलझाना हमें है," नारद ने कहा। "आपको किसी वस्तु की आवश्यकता हो तो अवश्य बताइएगा, मैं त्वरित प्रबंध करा दूँगा।"

ऐसा कहकर नारद वहाँ से चल पड़े और गाँववासियों को भी इस विषय से अवगत करने का निर्णय लिया।

ग्रामीण जल्द-से-जल्द बैठक के लिए इकट्ठा हुए, क्योंकि वे अब सूखे के मुद्दे को हल करने जा रहे थे। जब सभा एकत्रित हुई, तब नारद ने संक्षेप में अपने विचारों को व्यक्त किया—

"प्रिय ग्रामीणो, तीन वर्षों से वर्षा की एक बूँद भी हमारे गाँव की धरती पर नहीं गिरी है। आनेवाले दो सप्ताह में बाँध में संग्रहित जल भी समाप्त हो जाएगा, आपको यह बताते हुए मुझे अत्यंत खेद हो रहा है। बाँध बनाना हमारा उत्तरदायित्व था, जिसकी पूर्ति हम कर चुके हैं। अब भगवान् की बारी आती है अपना योगदान देने की। इसलिए आज से ठीक बारह दिनों पश्चात्, आषाढ़ी एकादशी के शुभ अवसर पर हम एक महा हवन का आयोजन करेंगे। मैं आपसे विनती करता हूँ कि गाँव में उपस्थित सारे पुरुष और महिलाएँ हवन

के एक दिन पहले उपवास रखें और अपनी ओर से जैसा संभव हो, वैसा दान लेकर आएँ। मुझे विश्वास है कि हमारी सामूहिक भक्ति का प्रभाव इंद्रदेव पर अवश्य पड़ेगा और वे हमें हमारी पांति की वर्षा प्रदान करेंगे।"

"क्या यह उपाय काम करेगा, प्रधानजी?" एक ग्रामीण ने पूछा।

"अवश्य मित्र, यदि हम सब संकल्प लेकर, पवित्र मन से हवन में भाग लेते हैं तो हम भगवान् को प्रसन्न कर सकते हैं। अकाल के साथ हो रहे इस युद्ध में विश्वास तथा आशा ही हमारे सर्वश्रेष्ठ अस्त्र हैं," नारद ने उत्तर दिया।

ग्रामीण आपस में सहमति से सिर हिलाते हुए फुसफुसाने लगे, क्योंकि यह प्रस्ताव प्रयास करने योग्य था।

"परंतु आपने इस हवन के लिए इतनी प्रतीक्षा क्यों की?" भीड़ में से एक वृद्ध आदमी ने पूछा।

"यथार्थ हमें इस विधि का पालन करने में विलंब हुआ है, परंतु बाँध परियोजना का पूरा होना आवश्यक था।"

सभी प्रश्नों के उत्तर मिलने के पश्चात् गाँव में आयोजित होनेवाले महा हवन पर हर कोई सहमत था। बैठक को सूर्यास्त के समय स्थगित कर दिया गया और सब अपनी ओर से दिए जानेवाले दान की चर्चा करते हुए घर चले गए।

अगले ही दिन से लोगों की दिनचर्या में एक नया कार्य जुड़ गया था—हवन की तैयारियों का। हर कोई उत्साह से आगे बढ़कर अपना योगदान दे रहा था। कुछ लोग सामग्रियाँ एकत्रित करने में पुरोहितजी की सहायता कर रहे थे, तो कुछ बाँध के निकट होनेवाले उस अद्‍भुत हवन को सज्ज कर रहे थे। जहाँ सब मन से वर्षा की आशा में मगन थे, वहीं सरमन का समर्थक राजू उसे साप्ताहिक समाचार देने गाँव के बाहरी क्षेत्र में उसकी झोंपड़ी में पहुँच गया, जो रामलाल की कुटिया से भी छोटी थी।

"वे वर्षा की प्रार्थना करने के लिए महा हवन का आयोजन कर रहे हैं", राजू ने सरमन से कहा। "और हवन के एक दिन पहले सबको उपवास करने के लिए कहा है।"

सरमन हँसी में फूट पड़ा, जिसे देख राजू भी उसके साथ हँसने लगा।

"मैं भी आशा करता हूँ कि घनघोर वर्षा हो। भगवान् इंद्र कृपा करें और एक ही साथ तीन वर्ष के अभाव की पूर्ति हो जाए", सरमन ने अपने जोड़े हुए हाथों को माथे पर लगाते हुए कहा।

"परंतु इससे हमें क्या लाभ होगा?" राजू ने पूछा।

"प्रतीक्षा करो, राजू," सरमन ने धीमे स्वर में उसके निकट जाकर कहा, "समय का बाँध स्वयं सब निर्धारित करेगा।"

एक ऐसा प्रधान होना, जो अपनी जनता के प्रति इतना मिलनसार, सहायक और विचारशील था, गाँववालों के लिए यह किसी आशीर्वाद से कम नहीं था। नारद के मुख से निकले शब्द और उनके वचन ग्रामीणों के लिए कैलाश पर्वत समान थे। नारद के आगमन से पहले कदाचित् ही गाँव कभी आषाढ़ी एकादशी के लिए इतना उत्सुक रहा होगा और कदाचित् ही घोर सूखे का प्रकोप गाँव पर होते हुए भी लोगों में इतना उत्साह बना होगा। यह नवीन उमंग उनके प्रधान द्वारा दिए गए विश्वास और आशा के अस्त्रों की देन थी।

समस्त गाँव में नीरवता छाई हुई थी और सारे घर प्रात: काल ही रिक्त हो गाए थे, क्योंकि हर किसी को मुहूर्त से पहले उपस्थित होना था। बाँध के पास सजाया हुआ हवन स्थल जैसे गाँव के सारे रंगों का केंद्र था। सब ऐसे सज्ज होकर आए थे कि यदि पूजा से प्रसन्न होकर इंद्र देव भूरे बादलों से उन्हें देखने आएँ तो उनकी आँखों को एक सुंदर दृश्य देखने को मिले। लाल तथा पीले रंग में सोलह श्रृंगार सहित महिलाएँ प्रसाद इत्यादि को व्यवस्थित कर रही थीं। नीले तथा हरे रंगों में घूमते पुरुष केसरी कपड़ों में आए साधुओं के लिए हर उस वस्तु का प्रबंध कर रहे थे, जिससे आज के दिन का उद्देश्य सफल हो। इतर कन्याएँ गेंदे एवं गुलाब के फूल की पत्तियों से मंडल बना रही थीं, इस आशा में कि हवन के अंत तक घनघोर वर्षा से वह धुल जाएँ।

नारद का परिवार सदा की भाँति सुखी और सुंदर दिख रहा था। नन्हा वर्मन और उत्कर्ष हाथ पकड़कर सबको अभिवादन कर रहे थे, जिसे देखकर सबकी मुसकान पहले से और चौड़ी हो गई। वर्मन आकर नारद और सावित्री को हवन कुंड के निकट ले गया, जहाँ पुरोहितजी भी उपस्थित थे, क्योंकि प्रधानजी और उनकी पत्नी ही इस महा हवन का आरंभ करनेवाले थे।

शीघ्र ही सबने अपना स्थान ग्रहण कर लिया और वातावरण में क्षणभर की शांति के पश्चात् साधुओं के समूह ने एक स्वर में मंत्र पढ़ना आरंभ किया।

'ॐ देवराजाय विद्महे; वज्रहस्ताय धीमहि; तन्नो इंद्रे प्रचोदयात' के निरंतर जाप ने समस्त गाँव को एक शुभ आभा में समाहित कर लिया था।

ग्रामीणों ने धैर्यपूर्वक एक-एक करके हवन कुंड में 'ॐ इंद्राय नमः स्वाहा' के साथ आहुति दी। कुछ ही देर में महा हवन सफलतापूर्वक समाप्त हो गया। चूँकि पिछले दिन से हर ग्रामीण ने उपवास किया था, नारद के आदेश अनुसार सबको फल बाँटे गए। हर कोई आपस में ही बातें कर रहा था और किसी का भी ध्यान आकाश पर केंद्रित नहीं था, क्योंकि आशा और विश्वास से भरे उनके हृदय में संदेह के लिए कोई स्थान नहीं था।

□

# 10
# प्रलय

## 1

बारह वर्षों के पश्चात् नारद ने असंख्य विषयों की शिक्षा प्राप्त कर ली थी। दिन के अंत में अपने घर की छत पर बैठकर अब तक जो भी उन्होंने किया था और जो करना शेष था, इस पर विचार करना नारद के लिए महत्त्वपूर्ण बन गया था। वे तो सदा ही पृथ्वी का भ्रमण करने आते तथा दूर से यहाँ के सतही संसार, यहाँ के लोग और उनके कार्यों को देखकर लौट जाते। परंतु यहाँ रहकर इतना समय व्यतीत करने, अपने संबंधों को और गहरा बनाने के पश्चात्, उन्हें इस लोक की भिन्नता का ज्ञान हो रहा था, जो कदाचित् उनकी कल्पना से अधिक विचित्र थी। हर सुखी दिन अपने साथ कुछ दुखद लाता था और हर दुःखी दिन कुछ सुखद। पृथ्वीलोक में रहकर उन्होंने प्रेम की परिभाषा को एक नए दृष्टिकोण से समझ था। उन्होंने अपने परिवार का, अपनी सावित्री का विचार किया। दो पुत्रों की माँ बनने के पश्चात् जैसे उसकी चारूता और बढ़ गई थी। कदाचित् हर मनुष्य की सुंदरता उसके भीतर उपस्थित स्नेह का प्रतिबिंब होती है। उस दिन अपनी तृष्णा मिटाने के लिए इस घर का द्वार खटखटाने के लिए नारद ने मन-ही-मन अपनी पीठ थपथपाई। फिर उन्होंने अपने बच्चों के बारे में विचार किया; कैसे छोटा वर्मन उत्कर्ष की तुलना में शांत था, परंतु अपने बड़े भ्राता के पदचिन्हों पर चलने का प्रयास अवश्य कर रहा था। आयु में इतने कम होने के अतिरिक्त भी उन्होंने नारद

को बहुत कुछ सिखाया था। यदि वे न होते तो एक पिता बनने के आनंद से वे सदा अनभिज्ञ ही रह जाते।

उनके प्रधान पद ने उन्हें निस्संदेह सबसे अधिक शिक्षा दी थी। इसे भी नारद का भाग्य ही समझा जा सकता था कि उन्होंने ऐसे घर का जल पिया था, जिसके मुखिया गाँव के भी मुखिया थे। अध्यक्षता उनके लिए शक्ति, उत्तरदायित्व और एक मित्र लाई थी, जो अन्य वस्तुओं से अधिक प्रिय थी। रात के अंधकार में उन्होंने अपने मित्र वर्मन का विचार किया, जो पहले दिन से ही निष्ठापूर्वक उनके विश्वास का पात्र था। उनके अंदर जनमे बंधुत्व का विचार कर नारद के मुख पर एक मुसकान उभर आई। वर्मन ने उन्हें एक मित्र का कर्तव्य इस उदाहरण से सिखाया कि परिस्थिति चाहे कैसी भी हो, एक खरा मित्र सदैव सहायता के लिए तत्पर रहता है।

जीवन में होती ऊँच-नीच को एक समान अपनाना, पृथ्वी पर रहने का एकमात्र नियम था। उन्होंने फिर सरमन का विचार किया, जो पहले दिन से ही उनके दाँतों में अटके राई के दाने समान था, जो अपनी हठ छोड़कर बाहर निकलना ही नहीं चाहता था। उन्होंने हर उस दिन का विचार किया, जब सरमन ने उनके जीवन में संकट लाया था। परंतु उसे दंडित करके स्वयं को न्याय दिलाकर नारद अब संतुष्ट थे।

यही तो पृथ्वी की अनूठी बात थी। यहाँ अपनी भूल सुधारी जा सकती थी, यहाँ सदैव एक विकल्प होता था। कुछ दुखद होने के पश्चात् सदैव कुछ सुखद अवश्य होता था। यहाँ तरह-तरह के लोग रहते थे। कुछ धनी तो कुछ दीन। परंतु हर व्यक्ति में अपने जीवन को नियंत्रित करने की आवश्यकता सबको समान बनाती थी। पृथ्वी पर सदैव एक नया अवसर प्राप्त होता था। पर्याप्त प्रयास से भाग्य में भी परिवर्तन लाया जा सकता था, यह नारद ने भली-भाँति सीख लिया था। इस बात का समर्थन करता था, उस दिन किया गया महायज्ञ। उस दिन सबने आशा एवं विश्वास के अस्त्र एकत्रित कर तीन वर्षों से अड़े हुए सूखे को चुनौती दे दी। सब अपने घरों में निश्चिंत होकर सो गए थे, इस विचार में कि इंद्र देव को एक-दो दिन का समय देना उचित होगा। निद्रावस्था में वे इस तथ्य से अनभिज्ञ थे कि उनकी भक्ति का उत्तर प्राप्त हो चुका था।

जैसे ही नारद भीतर जाने के लिए उठे, जल की एक बूँद उनकी कलाई पर गिरी। उन्होंने अपने हाथ को देखा और तुरंत आकाश की ओर सिर उठाया। चंद्रमा बादलों के पीछे छिप गए थे, जो ऐसे एकत्रित हुए जा रहे थे।' जैसे गाँव को ऊपर से देखने को अधीर थे। बूँदों का एक और जोड़ा नारद के हाथ से मिला और उनका हृदय जैसे उछलने लगा। क्या यह वास्तव में हो रहा है? उन्होंने आकाश को देख मन-ही-मन प्रश्न किया। और उसी समय आकाश ने उत्तर के रूप में उन पर सावन बरसा दिया। वर्षा की लहर ने तृषित भूमि को ऐसा आलिंगन दिया कि भूमि ने राहत की एक सुगंधित आह भरी। दीर्घ श्वास भरते हुए नारद ने गीली मिट्टी की महक का स्वागत किया और वर्षा की बूँदों की ताल पर नृत्य करने लगे।

आकाश की ओर मुसकराते हुए नारद को पता था कि यह भटकी हुई वर्षा अब अतिथि बनकर आई थी, तो कुछ दिन अवश्य रुकनेवाली थी। बादलों की गड़गड़ाहट और वर्षा की हल्की आवाज सुनकर कुछ ग्रामीण उठे और अपने घरों से बाहर निकल आए। वे विश्वास नहीं कर पा रहे थे कि वास्तव में उनकी प्रार्थना देवराज तक पहुँच गई थी! तीन वर्ष के सूखे को पराजित कर गाँववालों ने विजय प्राप्त कर ली थी। लोगों के आनंद की कोई सीमा नहीं थी। वर्षा की बौछार ऐसा उत्साह लाई, जैसा भगवान् राम ने अयोध्या लौटकर और पांडवों ने युद्ध जीतकर लाया था। कोई ढोल पीट रहा था तो कोई नृत्य कर रहा था। देखते-ही-देखते लोगों का जुलूस बँध गया और सब अपने प्रधान के घर की ओर प्रस्थान करने लगे, क्योंकि यदि वे महायज्ञ का सुझाव न देते तो कदाचित् सूखे का अंत कभी न होता।

वहाँ नारद अपने कक्ष में सावित्री को जगा रहे थे—"उठो प्रिये, वर्षा हो रही है!"

सावित्री ने निद्रावस्था में उत्तर दिया, "स्वप्न देखा होगा स्वामी, सो जाइए।"

नारद ने अपना सिर हिलाकर गीले बालों से पानी के छींटे सावित्री पर गिराए। उसने अपने मुँह पोंछते हुए आँखें खोली तो देखा कि नारद पूर्णतः भीगे हुए थे।

"यथार्थ···!" वह आश्चर्यचकित होकर बोली।

"पिताजी! वर्षा हो रही है!" उत्कर्ष ने पीछे से आवाज लगाई, जो अपने नानाजी के साथ कक्ष के द्वार पर खड़ा था। नारद हँसते हुए उसके पास गए और उसे गोद में उठा लिया।

"उठो वर्मन! तुमने कभी वर्षा देखी है?" अपने भ्राता की आवाज सुनकर वर्मन पालने में से उठा। उसे कुछ समझ नहीं आ रहा था। नारद ने उसे भी गोद में उठा लिया, जिसकी आँखों में अभी भी नींद घुली हुई थी।

"बधाई हो, पिताश्री", उन्होंने ससुरजी से कहा।

"आपको भी देवर्षि", ससुरजी ने नारद के सिर पर हाथ रखकर कहा।

इतने में ढोल बजने की आवाज आई और घर का द्वार कोई खटखटाने लगा। उत्कर्ष और छोटे वर्मन अब भूमि पर थे। सह परिवार नारद ने द्वार खोला और प्रसन्नता से स्तब्ध रह गए। समस्त गाँव उनके घर के आगे उत्साह मना रहा था।

"वर्षा हो रही है!" वर्मन ने आगे आकर कहा और अपने मित्र को आलिंगन दिया।

"बधाई हो, वर्मन!" उन्होंने हँसकर उत्तर दिया।

"आप सबको बधाई हो!" नारद ने चिल्लाकर कहा और सावित्री का हाथ पकड़कर भीड़ में अपनी प्रजा के साथ नृत्य करने लगे।

जहाँ गाँव उत्सव मना रहा था, वहाँ बाहरी क्षेत्र में रहते सरमन की झोंपड़ी में पानी रिस रहा था। परंतु इस बार उसका मन विचलित नहीं था। जहाँ हर कोई इस आशा में था कि ऐसा सूखा पुनः कभी न देखना पड़े, वहाँ सरमन भी आशा कर रहा था कि यह वर्षा कभी न रुके!

## 2

पहले दो दिन तो उत्साह मनाने में ही व्यतीत हो गए। चौथे दिन तक भी लोग वर्षा की धीमी गति को देखकर संतुष्ट थे। वे बादल, जो अतिथि बनकर आए थे, अब वहाँ रहने का अधिक ही आनंद ले रहे थे। सातवें दिन छींटों के तीव्र प्रभाव को देखकर ग्रामीण चिंतित होने लगे थे। इतनी तेज वर्षा

के कारण उनके खेतों की मिट्टी को फसलों की जड़ पकड़ने का अवसर ही नहीं प्राप्त होगा, और अंततः फसल और ग्रामीण, दोनों को नुकसान पहुँचेगा। किंतु नारद शांत थे; अपने ही गाँव की भूमि में पनपती त्रासदी से अनभिज्ञ थे। वे जानते थे कि यह उन कठिन समयों में से था, जो आनेवाले सुख का समाचार लाया था। इसके अतिरिक्त, अटल बाँध के रहते जितनी वर्षा होगी, उतना जल भंडारण होगा, जिससे फिर कभी गाँव को सूखे की आपदा नहीं भोगनी पड़ेगी।

वर्षा की गति देखकर नारद को केवल जलजमाव की अधिक संभावना लग रही थी। इस छोटी सी समस्या से निबटने के लिए एक 'जल प्रबंधन समिति' बनाने का निर्णय लिया। गाँव के चारों ओर घिरे काले बादलों के कारण दिन अधिक गंभीर प्रतीत होने लगे थे। निरंतर गड़गड़ाहट और बिजली की आवाज के साथ ग्रामीणों के बीच तनाव की भावना बढ़ती जा रही थी।

"गाँव की उत्तरी सड़क पर तीन पुरुष, दक्षिण में तीन, पूर्व और पश्चिम में चार पुरुषों की एक टोली आकर गाँव के रास्तों पर अपनी बैल गाड़ियों सहित उपस्थित होगी। इस प्रकार, आवश्यकता के समय आप लोग सहायता के लिए उपलब्ध रहेंगे," नारद ने अपने समक्ष उपस्थित स्वयंसेवकों को सलाह दी।

उन्होंने कहा, "ग्रामीणों के बीच यह संदेश प्रसारित करें कि अति आवश्यक कार्यों के लिए ही अपने घरों से बाहर निकलें और महिलाओं तथा बच्चों को घर में रहने के लिए कहें।"

"प्रधानजी, गाँववासी विचलित हो रहे हैं, क्योंकि निरंतर वर्षा प्रलय का संकेत हो सकती है," समिति के एक सदस्य ने कहा।

"प्रलय के दृष्टिकोण से न विचार करने में ही हमारी भलाई है, नहीं तो चिंता में ही डूबे रहेंगे। सबसे कहो, अपने प्रधान तथा प्रकृति पर विश्वास बनाए रखें। सूर्य देव हमारे साथ तीन वर्षों से रहकर परिश्रांत हो गए हैं। कुछ ही दिनों में अवकाश मनाकर पुनः लौट आएँगे।"

नारद की बात सुनकर उपस्थित सभा हँस पड़ी और ग्रामीणों में यह समाचार पहुँचाने निकाल पड़ी। ग्रामीणों का मानना था कि गाँव और घनघोर

वर्षा के बीच हो रही इस प्रतिस्पर्धा में नारद का नेतृत्व साथ होते हुए गाँव की पुनः विजय ही होगी। उन्हें अपने प्रधान द्वारा बनाई गई योजनाओं पर पूर्ण विश्वास था, क्योंकि उनका हर कार्य सदैव सफल ही हुआ था।

बरसते सावन में नारद त्वरित घर आ गए। वस्त्र बदलकर वे बरामदे में सावित्री के साथ जलपान करने बैठ गए। नारद आँगन के असमान भागों में जलजमाव होता देख रहे थे। हरे-भरे पीपल की शाखाएँ हवा के संग डोल रही थीं। वर्षा में अधिक खेल-कूद के कारण अपनी माता से डाँट खाने के पश्चात् छोटा वर्मन और उत्कर्ष अपने नानाजी के कक्ष में सो रहे थे। नारद बैठे-बैठे आँगन के पोखरों में वर्षा बनती लहरों को देख रहे थे। उनके शांत व्यवहार के विपरीत, सावित्री व्याकुल लग रही थी।

"क्या आपको लगता है गाँव में बाढ़ आएगी?" उसने नारद से पूछा।

"नहीं, परंतु ग्रामीणों को ऐसा अवश्य लगता है, "उन्होंने मुसकराते हुए अपना सिर हिलाया। उन्होंने सावित्री की ओर देखा, जिसकी आँखें भी आँगन के पोखरों पर टिकी हुई थीं और माथे पर एक चिंता का बल बना हुआ था।

"प्रिये, तुम चिंतित न हो। गाँव में बाढ़ न आए, इसका मैं पूरा प्रयास कर रहा हूँ," नारद ने सावित्री का हाथ अपने हाथ में लेकर कहा, जिससे उसका मन कुछ शांत हुआ।

"वैसे भी यह तो शुभ संकेत हैं। महायज्ञ सफल रहा और इंद्रदेव आवश्यकता से अधिक प्रसन्न हो गए," यह सुनकर सावित्री हँस पड़ी और बातों-बातों में दो पहर व्यतीत हो गए।

ऐसे ही आत्मविश्वास के साथ वर्मन के साथ सूर्यास्त के पहले नारद ने पंचायत में बनाई गई बाँध समिति के साथ एक बैठक रखी। इस समिति का कर्तव्य केवल जल प्रभाव के अनुसार बाँध के फाटकों की निगरानी करना था।

"बाँध के क्या समाचार हैं?" नारद ने समिति से पूछा।

"समाचार कुशल नहीं हैं, प्रधानजी," रमेश ने उत्तर दिया। "आज सवेरे ही जाँच के लिए मैं गया था, तो देखा की छठा द्वार नदी के बहाव को रोक नहीं पा रहा है और काँप रहा है।"

"काँप रहा है, का क्या अर्थ है?" नारद ने चिंतित स्वर में पूछा।

"अर्थात् कदाचित् उसका उचित निर्माण नहीं हुआ, इसलिए यदि नदी का जल स्तर और बढ़ेगा तो द्वार के टूटने की आशंका है।"

"परंतु केवल छठा ही क्यों?" वर्मन ने पूछा।

"अभी तो केवल छठा है," रमेश ने कहा। "कुछ समय दीजिए, पाँचवाँ भी अपने रंग दिखाएगा।"

"रमेश, यह किस प्रकार की बातें कर रहे हो?" वर्मन ने दृढ़ता से कहा।

"क्षमा कीजिएगा प्रधानजी, परंतु यहाँ दोष निर्माण का नहीं है। यदि आप भंगुर पदार्थों से बाँध बनाएँगे तो यह दिन तो अपेक्षित था," रमेश ने कहा।

"यह कैसी बातें कर रहे हो, रमेश?" नारद ने कहा। "तुम्हें भलीभाँति ज्ञात है कि हमने केवल उच्चतम पदार्थों का उपयोग किया था!"

"सरमन ने तो गुणवत्ता पर ध्यान न देकर केवल मात्रा के दृष्टिकोण से अल्पमूल्य सामान मोल लिया था और ऐसे कार्य करनेवाले को आपने नियुक्त किया था, जिसका परिणाम अब समस्त गाँव को भोगना पड़ेगा।"

नारद के मुख का रंग झर गया था। उनका सारा आत्मविश्वास जैसे पानी के साथ बहे जा रहा था। पंचायत घर में वर्मन रमेश से तर्क किए जा रहा था, परंतु नारद के मन में अब क्रोध ने अपना स्थान पुनः ग्रहण कर लिया था। बिना किसी से कुछ कहे, वे वहाँ से सीधे गाँव के बाहरी क्षेत्र की ओर चल पड़े।

वहाँ पहुँचते ही नारद ने देखा कि हर कोई हाथों में मटके, घड़े और अन्य बरतनों से अपनी झोपड़ी में से पानी बाहर फेंकने का प्रयत्न कर रहा था। इस बार उनके पास प्रधान के आगमन पर चकित होने का समय नहीं था, क्योंकि वे जानते थे की यदि बाढ़ आएगी तो सबसे पहले उनकी बस्ती का ही सत्यनाश होगा। कुछ लोगों की रुष्ट आँखों को अनदेखा कर नारद सीधे सरमन की जर्जर कुटिया में चले गए।

भीतर का दृश्य देखकर नारद चकित रह गए। दीवारों तथा छत के अनगिनत छेदों में से वर्षा की धारा उसकी झोपड़ी में तेजी से रिस रही थी। कोई कोण सूखा नहीं बचा था। सरमन का दुर्भाग्य भी ऐसा था कि बाकी बस्तीवालों के समान वह अपने घर से पानी बाहर भी नहीं फेंक सकता था, क्योंकि उसकी अवस्था अति खेदजनक थी। वह गीले कंबल में जमे हुए जल के बीचोबीच

लेटा हुआ था। उसकी देह अनियंत्रित रूप से काँप रही थी। नारद एक कटु मुसकान के साथ अपना क्रोध व्यक्त करने उसके निकट गए।

"यह जो ज्वर चढ़ा हुआ है," उन्होंने उसके सिर पार हाथ रखकर कहा, "यह तुम्हारे ही कर्मों का परिणाम है। खेद होता है कि इतनी घनघोर वर्षा भी तुम्हारे मलिन मन को धो नहीं पाएगी।"

"इतने शीघ्र···खेद न करें···प्रधानजी," सरमन ने कठिनता से श्वास भरते हुए कहा। उसके मुख पर निराशा की एक बूँद भी नहीं थी।

"ऐसा क्यों किया सरमन?" नारद की आँखों में क्रोध के अश्रु झलक रहे थे। सरमन केवल अपने सूखे होंठों पर मुसकान लिये उनकी ओर देख रहा था।

"प्रलय की बधाई हो, प्रधानजी।"

इससे पहले कि नारद के मुख से शब्द निकलते, सरमन की देह स्थिर हो गईं।

## 3

सरमन की मृत दृष्टि नारद के हृदय में जैसे छेद बनाए जा रही थी। यह उन्होंने क्या कर दिया था? उन्हें लगा था कि सरमन को दंडित कर सबसे दुराचारी समय टल गया था। जहाँ वे सरमन को अपराधी समझने में व्यस्त थे, वहाँ उसपर विश्वास कर, उसे बाँध स्थल पर नियुक्त करने के अपने अपराध को नारद भूल गए थे। बिजली की एक तेज चमक ने नारद को अपने विचारों से बाहर खींच लिया। इससे पहले कि बाँध को कुछ होता और गाँवभर में दुर्घटना का कहर छा जाता, नारद को शीघ्र ही कुछ करना था। वे त्वरित अपने घर की ओर चलने लगे और हर विकल्प का विचार करने लगे, जिससे लोगों की सहायता हो सके। उनका मन अपराध बोध में ऐसे भीगा हुआ था, जैसे उनकी देह वर्षा के प्रकोप में। नारद गाँव के जलजमाव में घुटनों तक डूब गए थे, जिस कारण तेजी से चलना कठिन हो रहा था। सूर्यास्त हो गया था और घरों के बाहर लालटेन की मंद रोशनी में बढ़ते लोगों के भय को नारद भाँप सकते थे। अपनी दाईं ओर लोगों को अपने घरों से जल बाहर फेंकते हुए देख

रहे थे और अपनी बाईं ओर उन्हें अपना सामान बाँधते हुए। मुड़कर उन्होंने नदी की ओर देखने का साहस किया। प्रकृति को जैसे सब खेल लग रहा था। नदी की अधीर धाराएँ जैसे सोए हुए बाँध को जगाने का प्रयत्न कर रही थीं। नारद ने अपने घर की ओर कदम उठाया, परंतु भरे हुए जल में उनका पैर किसी बड़े पत्थर से टकराया और वे लड़खड़ाकर डूब गए। स्वयं को नियंत्रित कर जब वे पुनः सतह पर आए तो अपने पैरों में होती पीड़ा को अनदेखा कर वे अपने घर की ओर चलते गए।

उसी ही समय बादलों को चीरते हुए सबसे तेज गड़गड़ाहट सुनाई दी। एकाएक नारद ने बाँध की ओर देखा। स्वयं और बाँध के अंतर में बढ़ते अंधकार में, वर्षा के कारण धुँधलाई हुई दृष्टि से उन्हें बाँध काँपता हुआ प्रतीत हो रहा था। दुर्भाग्यवश, यह केवल उनकी कल्पना नहीं थी। वह पीड़ा से लँगड़ाते हुए अपने परिवार के पास चलने लगे। अपनी परिधीय दृष्टि में उन्हें ग्रामीणों की परछाईं दिखाई दे रही थी। ऐसा लग रहा था, जैसे हर कोई नारद के कंधों पर उनके प्रति रखे हुए विश्वास का शव डालना चाहता था। जिन गाँववालों को कभी उन्होंने अपना ही परिवार माना था, आज उन्हीं को अनदेखा कर वे चले जा रहे थे।

जैसे-तैसे उन्हें अपना घर दिखाई देने लगा। द्वार के बाहर सावित्री छोटे वर्मन को गोद में लिये खड़ी थी, जो एक मोटे कंबल में लिपटा हुआ था, वर्षा की चुभती बूँदों से सुरक्षित रहने के लिए। उत्कर्ष भी उसी प्रकार अपने नानाजी की गोद में था, जो सर्दी से काँप रहे थे। चारों जैसे नारद की ही प्रतीक्षा कर रहे थे। नारद के कर्मों के परिणाम का स्तर अब उनकी जाँघों तक पहुँच था।

"हम वर्मन के घर चलते हैं!" उन्होंने ऊँची आवाज में कहा, क्योंकि बादलों की गड़गड़ाहट, वर्षा का प्रकोप और चारों ओर बढ़ती अराजकता में कुछ सुनाई नहीं दे रहा था। उत्कर्ष को उन्होंने अपनी गोद में ले लिया। "उसकी बैल गाड़ी में हम दूसरे नगर चलेंगे!"

सावित्री के पास विचार करने का समय नहीं था। उस क्षण में उसके लिए केवल अपने परिवार को सुरक्षित रखना अनिवार्य था। एक स्थान पर रहना अब अधिक संकटपूर्ण प्रतीत हो रहा था, इसलिए एक-दूसरे का हाथ

पकड़कर वे वर्मन के घर की ओर घुप्प अँधेरे में चल पड़े। वर्षा होती रही, नदी का स्तर बढ़ता गया और अटल बाँध का नियंत्रण टूटने लगा।

आकाश में फिर से तीव्र गड़गड़ाहट हुई। नारद ने बाँध की ओर देखा। क्षणभर की बिजली की चमक ने उन्हें वह दृश्य दिखाया, जिसका उन्हें भय था। बाँध का एक भाग चूर-चूर हो गया और दूसरी ओर से आती एक प्रचंड लहर को नदी ने निगलने का प्रयत्न किया। सावित्री की अपने पिताजी के हाथों पर पकड़ छूट रही थी। छोटे वर्मन ने अपनी माता को कसके पकड़ रखा था। उसके कंधे पर अपना सिर टिकाए वह उनके पीछे चलते नानाजी की ओर भयभीत आँखों से देख रहा था, जो रो रहे थे और प्रार्थना कर रहे थे। वर्षा, छोटे वर्मन ने विचार किया, कोई उत्तम समाचार नहीं लाती थी।

ससुरजी अब बाढ़ की गति में अपना नियंत्रण नहीं बना पा रहे थे। सावित्री के हाथ की पकड़े देखकर वे केवल यह समझ पा रहे थे कि अब इस परिवार पर उनका बोझ बन रहा था। उन्होंने प्रकृति से विजयी होने का प्रयास करना बंद कर दिया और स्वयं को डूबने दिया।

"पिताजी!" सावित्री की चीख सुनकर नारद मुड़े और ससुरजी को पकड़ने के लिए आगे बढ़े। जब उनमें केवल एक हाथ का अंतर था, तब दाईं ओर से आई बड़ी सी लहर उन्हें अपने साथ ले गई। नारद उत्कर्ष को गोद में लिये अपना नियंत्रण बनाए रखने का घोर प्रयास कर रहे थे। वे त्वरित सावित्री की ओर मुड़े, जो छोटे वर्मन को पकड़कर फूट-फूट कर रो रही थी।

जलजमाव अब सावित्री के कंठ तक पहुँच गया था, जिस कारण छोटा वर्मन डूबने लगा था। नारद ने उसे भी अपनी गोद में ले लिया और सावित्री को उनकी बाँह पकड़ने को कहा। अपने पैरों को उठाकर, चुभती घनघोर वर्षा में वे वर्मन के घर की ओर चलने लगे।

"मित्र नारद!" अँधेरे में उन्हें वर्मन की आवाज सुनाई दी। क्षणभर के लिए नारद ने राहत की श्वास ली। वर्मन दिखाई देने लगा, जो उनकी ओर बढ़ रहा था। उस अंधकार में नारद को आशा की किरण दिखाई दी। परंतु यह किरण इस प्रकोप के आगे अत्यंत सूक्ष्म थी। पलक झपकते ही बिजली की एक चमक के साथ, नदी और गाँव जैसे एक हो गए। प्रकृति ने पुरुष पर

धावा बोल दिया था। एक और प्रचंड लहर ने नारद के परिवार को निगलने का प्रयत्न किया। नारद ने एक हाथ से सावित्री का हाथ पकड़ लिया और दूसरे हाथ में अपने भय से काँपते हुए पुत्रों को नदी में बह जाने से रोक रखा था। लोगों की चीखें, बिजली की चमक में बहते हुए शव ही गाँव पर हावी थे।

"आप पुत्रों की रक्षा कीजिए, स्वामी," सावित्री रोने लगी, परंतु नारद अपने परिवार पर अपनी दृढ़ पकड़ जमाए हुए उन्हें आगे ले जा रहे थे।

"मूर्खता मत करो, सावित्री!" नारद ने क्रोधित होकर कहा। "मैं तुम सबको सुरक्षित ले जाऊँगा!"

"इस बार आप कुछ नहीं कर सकते स्वामी।"

जैसे ही सावित्री ने ऐसा कहा, पास का एक घर लहर के दबाव में भूमि में धँस गया और जलजमाव में चूर-चूर हो गया। इस कारण एकाएक पानी का स्तर बढ़ गया और सावित्री नारद के हाथ से छूट गई।

"सावित्री!" नारद की आँखों से अश्रु झर रहे थे। जैसे ही वह उसके बहती हुई देह को पकड़ने के लिए आगे बढ़े, वैसे ही उत्कर्ष उनके हाथों से छूट गया। यह कैसी विडंबना थी, जिसमें नारद फँस गए थे? उत्कर्ष का हाथ पकड़ने गए तो वर्मन की दुर्बल हथेलियों की पकड़ अपने पिता के कंधों से छूट गई। अगली लहर नारद के परिवार को उनसे कहीं दूर ले गई।

अपने परिवार को एक-एक करके नारद पुकारते रहे।

"सावित्री!" जल के नीचे अपना सिर डुबोकर उन्होंने अपनी प्रिय पत्नी को ढूँढ़ने का प्रयत्न किया। परंतु उनकी भेंट केवल उन लोगों के शवों से हुई, जो सभा में उनके लिए तालियाँ बजाया करते थे।

"उत्कर्ष! वर्मन!" उन्होंने सतह पर आकर अपने आसपास देखा। प्रकृति से पराजित होते हुए ग्रामीणों के अतिरिक्त उन्हें और कुछ दिखाई नहीं दिया। अब विलंब हो चुका था।

तीव्र गति से गुजरते, गड़गड़ाते मेघ गत घटित दृश्यों को नारद के समक्ष एक के बाद एक प्रस्तुत करते गए। सावित्री से प्रथम मिलन, जिसने उनके संन्यासी जीवन को सम्मोहन व प्रेम की भाषा से अवगत कराया। नारद ने कभी न सोचा होगा कि विवाह का एक बंधन मनुष्य के जीवन में अनेक रिश्तों

को साथ लेकर आता है! सावित्री से विवाह करते ही नारद विभिन्न सांसारिक बंधनों में जुड़ते गए। कदाचित् उनके लिए यह निश्चय कर पाना भी कठिन हो गया था कि कौन सा रिश्ता अधिक महत्त्वपूर्ण है?

वर्मन, जिसने निश्छल, निस्स्वार्थ मित्रता का वह रूप दिखाया, जो किसी भाग्यशाली को ही प्राप्त हो सकता है। सरपंच के रूप में गाँव का नेतृत्व करते हुए उन्हें हर एक ग्रामीण में स्वयं का अंश दिखने लगा। उन्हीं में छुपा हुआ एक दोमुहाँ सर्प रूपी व्यक्ति सरमन, जिसके कई बार आघात करने के प्रयत्नों के पश्चात् भी नारद स्वयं को बचा नहीं पाए। मिथ्या के प्रत्यक्ष रूप को सामने देखकर भी मनुष्य परिथितियों से विवश होकर कैसे विश्वासघात का पात्र बनता जाता है, यह आज नारद की समझ में आ गया था। सावित्री के साथ बिताया हर क्षण नारद के लिए किसी मनोरम स्वप्न-सा था। पति के प्रति वह संपूर्ण निष्ठा व प्रेम की प्रतिमूर्ति थी। उत्कर्ष तथा छोटे वर्मन ने उन्हें एक पिता के वातसल्य की अनुभूति कराई। जिस सावित्री के पैर में लगे छोटे से घाव को नारद सहन नहीं कर सके थे, आज उसे जलमग्न होते देख भी नारद कुछ न कर सके। मिश्रित भावनाओं से जूझता हुआ नारद का मन अपनी वेदना को नियंत्रित न कर सका। आँखों से बहते अश्रु रुकने का नाम नहीं ले रहे थे।

"नारायण!" अपने कंठ पर पूर्ण बल देकर आकाश की ओर अपने हाथ उठाकर उन्होंने अपने भगवान् को पुकारा—"नारायण!"

जैसे ही नारद ने फिर से पुकार लगाने के लिए मुख खोला, वैसे ही आकाश का अँधेरा छँटने लगा और सूर्य की तीव्र किरण ने उन पर अकस्मात् इतना प्रकाश डाला कि उन्होंने अपनी आँखें बंद कर लीं।

"नारद," नारायण के भारी स्वरों की ध्वनि उनके कर्णों में गूँजी। उनकी आवाज सुनकर नारद की संपूर्ण देह से पानी झर गया और सकारात्मक ऊर्जा भर गई।

"भगवन! तो क्या यह…"

"हाँ नारद! यह मेरी ही लीला थी। आपके मन में उठते अनेक प्रश्नों का उत्तर देने के लिए मैंने ही उस माया की रचना की। आपने देखा नारद कि मोह के वश में बँधा मनुष्य किस प्रकार परिस्थितियों की बलि बन जाता है!

जब पूरा गाँव प्रलय की चपेट में आने लगा, तब आप किसी प्रकार बस अपने परिवार को बचाने का प्रयास करते रहे। मोह के वशीभूत मन पर स्वार्थ हावी हो गया। माया का मन से यही संबंध है नारद, जिसे मनुष्य प्रेम का नाम देने की चूक कर बैठता है। इसी कारण मनुष्य के लिए मृत्यु को स्वीकार करना अत्यंत कठिन हो जाता है। समझे देवर्षि ?"

"हाँ प्रभु···" नारद ने लंबी साँस लेते हुए कहा।

"तो चलिए···यात्रा को आगे बढ़ाते हैं।" कहकर नारायण और नारद पुनः पृथ्वी भ्रमण पर अग्रसर हुए।

□□□